FLAMINIE

OU

LES ERREURS

D'UNE FEMME SENSIBLE.

TOME PREMIER.

FLAMINIE

OU

LES ERREURS

D'UNE FEMME SENSIBLE.

TOME PREMIER.

PARIS,

DE L'IMPRIMERIE DE CUSSAC, rue d'Orléans-Saint-Honoré, n°. 15, et galerie vitrée, au Palais-Royal, n°. 231.

M. DCCC. XIII.

FLAMINIE

OU

LES ERREURS

D'UNE FEMME SENSIBLE.

LETTRE PREMIÈRE.

Flaminie de Solange, à Charles de Surville.

Vous me reprochâtes hier d'être *pensive*, Monsieur, j'avais plus d'un motif pour cela, et, quoique je n'eusse encore que le soupçon de vos torts, c'en était assez pour me donner cet air inquiet et rêveur que vous remarquâtes.

Ah ! sûrement j'étais loin de penser que deux jours après celui que je regardais comme le plus heureux de ma vie, deux jours après celui où, entraînée par l'empressement avec lequel vous sembliez me chercher, mon cœur, croyant répondre au vôtre, s'ouvrit enfin à l'homme qui, depuis un an, le remplissait des plus affreuses angoisses; j'étais loin de penser qu'un si indigne prix fût réservé à ma confiance. Et vous avez pu vous jouer ainsi d'un sentiment involontaire, nourri par votre inconséquence ou vos artifices! et vous avez pu divulguer, à tout venant, que je vous aimais au point de m'empoisonner pour vous!

Non, non, Monsieur, je ne ferai pas une telle folie ; je vous connais trop aujourd'hui pour vous donner ce triomphe. Avec un peu d'adresse vous auriez pu l'obtenir ; mais trop d'empressement à jouir de votre gloire, vous l'enlève : cela vous apprendra à être plus discret.

Non content de trahir l'honneur, vous me rendez la fable et l'objet de la haine de votre famille. On me reproche qu'en vous aimant, j'ai manqué de reconnaissance et d'é-gards pour elle. Eh ! quelle recon-naissance lui devais-je à cette fa-mille ? quels droits avait-elle au sacrifice de mes affections ? On va même jusqu'à m'accuser de feindre,

pour vous séduire , un sentiment
que je n'éprouve pas. Ah ! si, avec
les ressources de mon esprit, j'avais
eú la bassesse et le manége qu'on
me suppose, qu'il m'eut été facile
de vous subjuguer , Charles ! vous
ne savez pas tout ce que peut une
femme adroite et artificieuse. Mais
il n'était ni dáns mon caractère, ni
dans la nature de mon amour d'em-
ployer des moyens aussi vils. Ma
séduction fut de vous aimer , mon
crime de désirer l'être : étais - je
donc si coupable ! que m'importe
après tout, leur opinion et la vôtre ?
Dans peu , j'espère , nous nous se-
rons devenus également étrangers ,
dans peu, nous aurons oublié que
nous nous sommes connus.

Le dirai-je? toutes ces indignités me causent une sorte de joie. Je leur devrai du moins le calme dont je vais jouir. Elles mettront un terme à ces cruelles alternatives de confiance et de crainte, d'incertitude et d'espoir qui, si long-tems, torturèrent mon cœur. Car j'en appelle à vous-même, Charles ; n'ai-je pas souvent eu lieu de croire que vous m'aimiez ? et sans parler de tant d'autres circonstances, vous rappellez-vous le baiser que vous me donnâtes un jour dans le salon de votre mère, en présence de votre famille, peu de tems après que j'y fus introduite? Je vis dans tous les yeux la surprise et le mécontentement d'une action dont peut-être on pressentait le danger. Etonnée moi-même et confuse d'une étourderie que rien de ma part n'avait provoquée, je repoussai le second embrassement que vous vouliez joindre au premier ; mais il était trop tard ; avec lui le poison s'était glissé dans mes veines , et depuis cet instant, je n'ai pu l'en arracher. Ah ! si l'on savait tout ce que j'ai souffert, et de ce sentiment et de la contrainte que je m'imposais pour le cacher , loin de me blâmer , on me plaindrait, et l'on s'étonnerait peut-être qu'avec des impressions aussi vives que les miennes , et un caractère aussi ouvert, j'aye pu si long-tems retenir un aveu, toujours prêt à m'échapper. Mais pourquoi rappeller d'amers souvenirs, lorsqu'au contraire il les faut étouffer ?

Adieu, Monsieur, nous nous sommes vus hier pour la dernière fois. Graces à l'éclat que vous avez causé, j'ai à présent le droit de refuser d'aller où vous pourriez être, et j'en atteste. l'honeur ! jamais je ne remettrai les pieds chez votre mère.

LETTRE II.

Flaminie de Solange, à Cécile Dorival.

Oh ! ma Cécile , que n'es-tu ici ! que n'es-tu près de ta malheureuse amie ! Jamais elle n'eut un si grand besoin de ta présence, de ton amitié, de ton soutien. J'en mourrai, et puissé-je en mourir ! la vie m'est odieuse.

Toutes mes illusions , toutes mes espérances , tous mes rêves de bonheur , eh bien , tout est détruit ! anéanti ! il ne me reste que le plus affreux désespoir !

Tu sais que depuis quelque tems j'étais inquiète sur les sentimens de Surville. Je ne le trouvais plus le même. Il ne me cherchait pas avec autant d'empressement. Ma vue ne lui causait plus cet air de plaisir, d'émotion que je lui avais souvent remarqué. J'attribuais (avec raison, car je l'ai su depuis) ce changement à quelqu'impression nouvelle ; j'en cherchais l'objet ou plutôt je cherchais à le deviner. Cependant le tems se passait , et deux mois s'étaient écoulés dans ces incertitudes d'un sentiment auquel j'attachais tout le bonheur de ma vie. Enfin jeudi (oh ! je n'oublierai jamais ce jour) le sort parut vou-

I...

loir me servir ; mais c'était un de
ces tours perfides qu'il se permet souvent pour frapper plus sûrement ses
victimes ; jeudi donc, une grande
partie de la famille était réunie chez
la mère de Surville, à la campagne,
où s'était donné la veille une fête
à laquelle sûrement je n'avais point
participé. Levée tard, je descendis
la dernière. On allait déjeûner. Je
croyais Surville parti. Quelle fut ma
surprise de l'appercevoir ! interdite
et tremblante, comme je le suis
toujours à son aspect, je me mis à
table ; et quoiqu'il me fut ordinaire
de ne pas manger, par suite de
l'émotion que me causait sa présence, on le remarqua de nou-

veau , ainsi que mon air sérieux et préoccupé. «Elle pense à ce que lui a dit le Devin », reprit gaîment Surville ; et sans s'en douter , il disait la vérité. Je suis trop sensible et trop vive pour n'être pas superstitieuse et crédule, et, par exemple, j'aime à me faire tirer les cartes ; aussi partout où je puis satisfaire ce goût, je m'y livre. Ne me gronde pas, Cécile. Tu m'as souvent dit m'aimer autant pour mes défauts que pour mes qualités : c'est que les uns et les autres sont francs et naturels. Parmi les plaisirs de la fête était un Devin qu'on avait fait venir pour l'amusement des femmes. Lorsque tout le monde l'eut visité, et fut rentré dans la salle du bal, je me glissai seule au jardin, et je courus à ce Devin que je brûlais d'interroger. Il me dit : « De-« puis quelque tems vous éprou-« vez une forte contrariété. Il y a « des choses que vous voudriez « savoir et que vous ne pouvez pas « pénétrer. Tranquillisez – vous ; « le mystère va s'éclaircir, et vous « serez heureuse ». Frappée de la conformité de ces mots avec ma situation, j'y songeais toujours et je me répétais : *le mystère va s'é-claircir*. Saurai - je enfin s'il m'aime !

A la fin du déjeûner, Surville auquel sa vivacité et son étourderie

donnent toujours le besoin de s'a-
giter, proposa une promenade à
un château voisin. « Cela n'est
« guère possible, reprit sa mère ;
« nous sommes trop de monde ».
« — Eh bien ! les enfans resteront ».
ô ma Cécile ! un poignard dirigé
vers mon cœur, ne m'aurait pas fait
plus de mal que ces paroles. Retenir les enfans, c'était me proscrire,
puisque je ne les quitte jamais.
« Grands dieux ! me dis-je, faut-il
« que la proposition de m'exclure
« vienne de lui ! de lui qui arran-
« ge une partie de plaisir où nous
« pouvions être ensemble » ! Je suf-
foquais, et ma douleur devint si
violente, que ne voulant pas me

donner en spectacle, je me levái
et courus m'enfoncer dans une
allée écartée du jardin, où je don-
nai un libre cours à mes larmes
et à mon désespoir. Je ne te pein-
drai pas ce que j'éprouvai; tu en
jugeras, puisque je formai la résolution de mourir à l'instant. « Oui,
« m'écriai-je, oui, cruel! pendant
« cette promenade que tu as propo-
« sée avec tant d'empressement, je
« mettrai un terme à mes longues
« souffrances. Quand tu reviendras
« avec ta légèreté ordinaire, me
« chercher pour me tourmenter en-
« core, tu me trouveras, oh! oui,
« tu me trouveras; mais dans un
« état qui, je l'espère, te rendra,

« pour un instant du moins , tout
« le mal que tu m'as fait ». Un
tremblement convulsif agitait tout
mon corps , et ne pouvant plus me
soutenir , je me jettai sur un banc.
A l'instant , je vis paraître au bout
de l'allée une des petites avec sa
mère. J'essuyai précipitamment mes
pleurs , et ne me trouvant ni la
force d'aller au-devant d'elles , ni
la liberté d'esprit , nécessaire pour
les aborder , je pris le parti de les
attendre. « Voulez-vous venir avec
nous , Flaminie ? dit madame de
« Surville, en s'approchant de moi.
« —Si tout le monde y va, madame,
« répondis-je en me levant, je
« ne vois pas de raison pour m'ex-

« cepter ». Tu trouveras peut-être
ma réponse déplacée ; mais il faut
te dire qu'elle m'avait adressé ces
mots d'un ton fier et impérieux qui
m'avait blessée , et cette impression
jointe aux affreux déchiremens de
mon cœur, me rendit en ce moment, d'une humeur difficile, j'en
conviens. « Qu'avez-vous ? reprit-
« elle encore sèchement, en me
« regardant ; je n'aime pas les va-
« peurs ». — « J'en suis fâchée ,
« madame, répliquai-je sur le même
« ton ; parce que j'y suis très-su-
« jette ». Nous marchâmes quelque
tems sans nous rien dire ; mais
comme chez moi le cœur finit toujours par l'emporter , et que je sen-

tis que c'était une attention aimable
à elle de m'être venue chercher,
je m'en rapprochai, et lui prenant
la main, je lui dis : « hélas ! oui,
« j'ai des vapeurs, il faut me les pardonner ». Je fus à l'instant de me
jetter dans ses bras et de lui faire
l'aveu de mes faiblesses ; mais la
présence de sa fille me retint. « Al-
« lons, calmez vous, me dit-elle
« avec douceur, et séchez vos
« pleurs, pour qu'il ne paraisse
« rien quand nous rentrerons au
« salon ». Puis elle m'apprit qu'on
avait décidé que la promenade serait générale. Et je me rappelai
qu'en effet lorsque Surville avait
prononcé ce mot si cruel : *eh bien,*

les enfans resteront, un de ses frères, soit qu'il eût remarqué la peine
que me faisait ce mot, soit mouvement d'une bienveillance naturelle,
avait repris : *pourquoi rester? il
y a bien assez de chevaux et de
voitures, pour nous y mener tous.*

Je montai dans une calèche avec
les enfans. Avant de se placer dans
l'autre avec sa famille, Surville fit
quelques pas et se retournant vers
moi, me regarda. Je vis qu'il voulait
lire sur mon visage et pénétrer la
cause de mon absence; mais il ne put
voir qu'imparfaitement mon trouble
et la trace de mes larmes, parce que
j'avais abaissé mon voile. En entrant
dans le château, Surville qui ne

pensait ni que j'avais du chagrin,
ni qu'il m'en avait pu causer, Surville s'approcha de moi, et ne me
quitta plus. Pendant trois heures,
Cécile, nous parcourûmes ensemble des lieux enchanteurs. Chaque fois qu'il voulait témoigner
son enthousiasme, il me nommait,
me demandait compte de mes impressions, qui, toujours, se rap-
portaient aux siennes, avec cette
différence que je ne m'occupais
que de lui, tandis qu'il s'occupait
de toute la terre. Ici, il donnerait
un bal; là, un concert ; plus loin,
un spectacle ; oh ! qu'un ballet de
l'opéra ferait un bon effet sur cette
belle pelouse! C'est ainsi que cet

aimable fou amusait les uns , dé-
solait les autres , et nous intéressait
tous. Il ne me parlait pas de moi ;
mais il me parlait, Cécile , il était
à mes côtés; il prenait quelquefois
ma main , passait un bras autour
de ma taille qu'il pressait légère-
ment ; comment n'aurais - je pas
éprouvé quelque bonheur ! bonheur
imparfait , hélas ! je dirai même
bonheur amer , empoisonné par
l'incertitude où j'étais de ses sentimens , et par l'horrible contrainte
que j'imposais aux miens. Oh!
combien je souffrais, lorsque, par
étourderie ou par tendresse, il pressait mon bras ou ma main , et se
permettait ces caresses inconsidé-

_rées que la légèreté de ses manières
semble excuser et autoriser ! Combien de fois, emportée par la violence de mes sensations, je pensai
y répondre ou lui dire : « si tu ne
« veux pas me voir expirer ici, ne
« prends pas avec moi ce ton qui
« me tue. Ou dis-moi que tu m'ai-
« mes, ou s'il n'en est rien, éloigne
« toi, par pitié, d'une infortunée
« que tu fais mourir de douleur ».

Je succombai à des affections si
fortes, et lorsqu'au retour, chez la
mère de Surville, je descendis de
voiture, je me trouvai mal, et pus à
peine en sortir. Pâle et chancelante,
je me traînai avec madame Surville,
à l'entrée du jardin ; où elle s'assit

sur un banc. Je n'osais ni me plaindre, ni demander du secours, parce que je sentais qu'on soupçonne-
rait la cause de mon état. En effet ,
je vis qu'il n'échappait pas à madame de Surville, mais qu'elle ne
voulait pas avoir l'air de le remarquer. L'objet de tant de maux vint
nous joindre en cet endroit, et frappé sans-doute de ma pâleur et de
l'altération de mon visage, il s'écria :
« Mon dieu ! comme elle est abat-
« tue ! qu'avez-vous , Flaminie ? »
« Je ne sais, répondis-je, d'une voix
« éteinte ; mais je me trouve mal ;
« moins cependant que tout à l'heure:
« l'air m'a un peu remise. Alors madame de Surville m'offrit de faire

venir quelque spiritueux que je re-
fusai. Monsieur de Surville qui était
présent, craignant, je crois, que
son frère ne pénètrât la cause de
mon mal, s'efforçait d'en trouver
une naturelle, que je détrui-
sais à mesure qu'il l'offrait ; non
avec l'intention de faire deviner
la véritable ; mais par suite de cette
franchise, de cette véracité qui me
sont ordinaires. Je finis par le laisser
dire, et par convenir même qu'en
effet la fatigue et la chaleur pouvaient m'avoir causé cet accident ;
un retour de raison et de fierté me
fit sentir la sagesse d'accéder à son
désir. Au bout de quelques instans
Surville, que le devoir rappelait près

de son prince, partit. Mais voici une lettre d'une effrayante longueur ; tu dois avoir besoin de reprendre haleine.

Adieu, ma chère Cécile ; que tu es heureuse de posséder une ame si calme et si maîtresse d'elle! que n'en puis-je dire autant !

LETTRE III.

Flaminie à Cécile.

JE me trouve aujourd'hui du loisir et j'en profite pour te donner la suite de ma déplorable histoire. Hélas ! les chagrins que je t'ai, l'autre jour, si vivement peints, n'étaient que légers près de ce que j'éprouve.

Je t'ai dit que Surville nous avait quittés, et que nous étions revenus coucher à Paris. J'étais si agitée qu'il me fut impossible de me livrer au sommeil, et le jour ne me trouva pas plus tranquille. Dans la matinée, j'appris des enfans que Surville dinerait avec nous. Tu comprends ma joie ; car tel est le caractère de l'amour véritable, que, même incertain du retour, il est heureux par la présence de son objet. Hélas ! depuis un an, ce bonheur est le seul que j'aie goûté. Voir et entendre Surville, était pour moi la vie, et j'aurais donné la mienne pour jouir un seul jour de ce bonheur dans toute sa plénitude.

« Je voudrais bien savoir, me di-« sais-je, si l'on a invité Surville « à dîner, ou s'il s'y est invité « lui-même ». Ceci n'était pas indifférent pour moi. Cécile. Outre que, dans cette circonstance, je pouvais tirer, de la vérité, une in-

duction agréable ou fâcheuse, j'a-
vais la preuve que dans les tems où
j'eus l'espoir d'en être aimée, il prenait ce moyen assuré de me voir, et
l'humeur que j'en appercevais à sa
famille, m'avait appris mon bonheur.
« S'il employe de nouveau ce moyen,
« continuais-je, c'est qu'il m'aime
« encore; et venir justement le len-
« demain du jour où nous avons été
« si long-tems ensemble, où il m'a
« vue dans un si triste état, c'est
« prouver à la fois qu'il a le besoin
« de me voir et que nos cœurs s'en-
« tendent ». C'est ainsi que ma
tendresse imprudente, m'égarait
en me montrant les objets comme

j'avais intérêt de les voir. Mais en effet, Cécile, ces raisonnemens é-taient-ils si dépourvus de sens? A ma place n'aurais-tu pas vu ainsi ? N'au-rais-tu pas, comme moi, été dupe des apparences, ou plutôt de ton cœur, car c'est toujours lui qui nous égare ? Je me promettais bien d'arranger les choses de manière à découvrir la vérité; et si le hasard ne m'avait pas servie, je ne doute pas que je n'eusse réussi. Car tu sais que notre sexe a un talent particulier pour se faire dire, sans avoir l'air d'y mettre d'intérêt, tout ce qu'il lui importe de savoir ; et moi-même qui suis la moins manégée des femmes, j'ai souvent été surprise de mes suc-cès dans ce genre.

Sachant qu'il y aurait d'autres personnes à dîner, je profitai de l'occasion, pour mettre un peu plus de soin à ma toilette ; si Surville avait été seul, je ne l'aurais pas osé, crainte de remarque. Cependant cette crainte ne m'a pas toujours mise à l'abri d'une imprudence. Hélas ! quand on n'est pas coquette, quand on n'a qu'une pensée, qu'un but ; quand on ne veut fixer qu'une attention, quand enfin, on ne veut plaire qu'à un seul, qu'il est facile de se trahir ! Femme sensible et passionnée, tu ne sais pas que chacune de tes actions est un miroir qui décèle à tous le secret de ton cœur. Ainsi, la forme d'une robe, l'élégance d'un chapeau, la couleur d'un ruban, peuvent apprendre que tu aimes, et que tes destinées tiennent à d'autres destinées.

Quelque tems avant le dîner, je descendis dans la chambre de madame de Surville. A l'instant où j'en ouvrais la porte par un cabinet intérieur, Surville entrait par celle du salon, et nos regards s'étaient rencontrés avant qu'elle sût qui venait chez elle. O superstition du cœur! je regardai comme un coup du sort cette rencontre du hasard, et agitée autant de joie que d'embarras, je pris un fauteuil. Surville qui ne me parut pas non plus

sans émotion, après s'être informé de
mon indisposition de la veille, se plai-
gnit de violens maux de tête, d'étour-
dissemens, et ajouta qu'il avait passé
une mauvaise nuit. N'était-ce pas
me dire qu'il avait lu dans mon ame,
et qu'il en partageait le trouble ?

« Votre frère m'a dit , en effet,
« qu'il vous avait vu ce matin , et
« que vous lui aviez demandé à dî-
« ner, Charles », répondit madame
de Surville à quelque chose qu'il
lui avait adressé , et que ma préoc-
cupation ne m'avait pas permis d'entendre. Quelle félicité inonda mon
cœur à ces paroles, Cécile ! Je ne
doutai plus de mon bonheur : il
me semblait écrit partout. J'en

étais si remplie qu'il m'arrachait en quelque sorte à Surville lui-même, et deux ou trois fois il en prit de l'humeur. Par exemple, il était entré tenant plusieurs lettres à la main, et sur la remarque qu'en fit sa belle-sœur, il répondit gaîment : « Oui, « je suis la petite poste ». Puis, il lui en remit une qui était pour M. de Surville. «Celles-ci sont pour Esnest, « continua-t-il, le portier me les « a données en sortant, pensant « que je le trouverais ici ; en voilà « une qui est d'une blanchisseuse, » (nous en faisant remarquer la mauvaise tournure et le gros papier); « mais celle-ci.......j'ai « dans l'idée..... qu'en pensez-

« vous , Flaminie » ? Et il me présenta une lettre élégamment pliée ,
d'un beau papier et d'une très-jolie
écriture. Je la pris ; mais ensevelie-
lie dans ma rêverie et intimidée aussi par le regard pénétrant de madame de Surville, je la lui rendis à
l'instant , et sans lever les yeux sur
lui. « Vous êtes bien aimable ! dit-
« il, a vecdépit » ; on regarde au-
« moins les gens , et l'on répond
« à ce qu'ils disent ». — « J'ai craint
« de faire une indiscrétion , et puis
« j'ai cru reconnaître l'écriture de
« de votre mère , répondis-je en
« tremblant et ne sachant que dire ».
Car je le redoute autant que je l'aime , Cécile , et la moindre expres-

sion de mécontentement de sa part, me met hors de moi. Son frère entra dans cet instant, il lui remit ses lettres et l'on causa. Distraite encore, et de nouveau étrangère à ce qui se disait, je n'entendis que ces mots que m'adressa Surville en se tournant vers moi : « N'est-ce pas Fla-« minie »? — Quoi? répondis-je, « qu'avez-vous dit? — Oh! vous « n'écoutez rien aujourd'hui ». Et il se retourna de l'autre côté. « Je « vous en prie, dites-le moi, je « veux le savoir ». Moitié de bonne grace, moitié en colère, il me répéta ce que je n'avais pas entendu.

On annonça le dîner. Surville oublia qu'il était malade et mangea de très – bon appétit. Ne va pas croire que je lui en fis un crime. Oh mon dieu non! je sais trop que ces indispositions qui tiennent à une cause morale et passagère, disparaissent avec elle, et ne laissent aucune altération dans le système général de la machine. Placée vis-à-vis de lui, je ne perdais aucun de ses mouvemens, et j'y trouvais toujours de nouveaux motifs d'espoir. Lorsqu'il parlait , ses regards se portaient sur moi , et semblaient chercher mon approbation que sûrement les miens lui garantissaient. Non content de ce muet témoignage de son intérêt , il y joignait la parole. *Qu'en pensez-vous, Flaminie ?*

Qu'en dites - vous , Flaminie ?
N'est-ce pas , Flaminie ? étaient
toujours dans sa bouche. Vis-à-vis
de moi , était un mets dont j'avais
déjà servi plusieurs personnes , et
depuis long-tems , je guettais l'occasion de lui en offrir ; mais je lui
voyais toujours quelqu'autre chose,
et puis j'hésitais à le nommer , à
lui adresser la parole ; car c'est ce
que je n'ai jamais fait , Cécile. Cependant je voyais que le dîner tirait
à sa fin , et j'étais au désespoir de
n'oser lui demander : *voulez-vous*
de cela ? Enfin, comme s'il avait
deviné ma pensée , il me dit :
Flaminie, voulez-vous bien m'en-
voyer de ce plat? — J'allais vous

en offrir, répondis-je précipitament,
et je rougis de mon imprudence ;
mais un doux regard m'en dédom-
magea. Au sortir de table, Surville
vint se placer près de moi. Il ne
parlait qu'à moi , et me parlait
toujours. J'avais beau lui repré-
senter l'inconvenance de cette conduite , et chercher à me joindre à
la conversation générale, je ne pouvais me soustraire à ses empresse-
mens. Monsieur de Surville qui ,
probablement , voyait que nous
touchions à un moment décisif, faisait tous ses efforts pour rompre
notre entretien. Il m'adressait la
parole à tout propos, me demandait mon opinion que je donnais

vaille que vaille, et sans trop savoir
ce que je disais. Aussi une de ses
parentes , près de laquelle j'étais
assise , lui dit : « vous choisissez
« bien votre moment ; voyez com-
«_me il l'obsède » ! Désespérant
d'arrêter ce torrent, il cessa de me
parler et me laissa maîtresse de mon
sort. Je ne chercherai pas à m'excuser , Cécile. Sûrement j'eus tort
de ne pas profiter du secours qu'on
m'offrait , de ne pas saisir cette
main protectrice qu'on me tendait
sur le bord de l'abîme. Mais songe
que je l'adorais, que , depuis long-
tems, je luttais contre cette passion
fatale , dont les ravages attaquaient
à la fois , ma raison et ma santé ,

songe enfin, que je me croyais aimée, et peut-être tu me jugeras
moins rigoureusement , et peut-
être tu ne t'étonneras pas que j'aie
cédé à l'empire que Surville exer-
çait sur moi. Il en usa si bien dans
cette occasion , qu'il parvint à me
faire avouer que je l'aimais et que
rien au monde ne me serait plus
cher que son amour.

Mais je touche à l'instant le plus
affreux de ma vie. Il me serait impossible de te le décrire à présent :
laisse moi respirer. Quand j'aurai
repris un peu de calme , je revien-
drai à toi et à mes chagrins.

LETTRE IV.

Les jours s'écoulent, se succédent, et en dépit du proverbe, ils se ressemblent tous pour moi. La veille, le jour, le lendemain, hier et aujourd'hui de la douleur, et toujours de la douleur. Je crois même qu'elle s'accroît au lieu de s'affaiblir. Ma frêle constitution y succombe, et mon changement est si visible, que tout le monde s'en apperçoit.—*Comme vous êtes pâle!* me dit l'un; *Mon dieu que vous avez mauvais visage!* reprend l'autre; *Vous êtes donc malade?* continue un troisième. — Il est vrai, répondé-je d'une voix altérée par

les sanglots que j'étouffe et les larmes que je retiens.

Je t'ai dit qu'entraînée par un
charme irrésistible , j'avais avoué
à Surville que je l'aimais. Je ne puis
te peindre le bien-être que j'éprouvai de cet aveu. Tous mes maux
me parurent guéris. « Il sait en-
« fin que je l'aime, me disais-je, oh !
« que je vais être heureuse! car dus-
« sé-je n'être point payée d'un égal
« retour, du moins je n'aurai plus à
« feindre avec lui. Je pourrai quelque
« fois lui parler de mes chagrins , je
« l'y verrai sensible, et j'obtiendrai
« son amitié; sentiment plus du-
« rable et peut-être plus doux que
« ne doit l'être un amour aussi lé-

« ger que le sien ». Toute la nuit
de ce jour et une grande partie du
lendemain, je fus dans cet état d'i-
vresse et de joie qui accompagne
les premiers instans du bonheur.
Mais tout à coup une voix intérieure
sembla me crier : « Malheureuse !
« qu'as-tu fait ! ne vois-tu pas que
« tu t'égares ? Jamais, non jamais ,
« cet amour ne sera fortuné ». Une
horreur secrète s'empara de moi ,
Cécile ; je ne vis plus que douleur
et désespoir. L'imprudence, la folie
de ma conduite se déroulèrent alors
à mes yeux. Ah ! pourquoi la raison
ne se fait-elle entendre que lorsqu'il
est trop tard pour l'écouter. Cet
affreux pressentiment me poursui-

vit tout le jour, il me fut impossible de l'écarter. Mon imagination,
toujours ardente à courir au-devan-
du mal, le transforma en certitude,
et je ne doutai plus de mon malheur. Le lendemain, je devais voir
Surville chez sa mère qui réunissait
toute sa famille ce jour-là. « Je
« saurai bien, s'il m'aime à présent,
« me dis-je, je ne puis plus m'y
« tromper ; et si je me suis abusée,
« j'aurai du moins le courage de
« revenir sur mes pas ».

A quatre heures, nous étions tous
chez sa mère à la campagne, ex-
cepté lui, qui, toujours, arrivait
le dernier. Cependant je pensais
qu'il eut pu venir plutôt ce jour-

là, et ce retard me parut d'un mauvais augure. Placée près de sa
mère, dans un des coins du salon,
silencieuse et sombre, comme à
l'ordinaire, j'observais chacun, ce
qui m'est ordinaire aussi. Je vis
deux de ses parentes s'aborder, et
comme elles se mirent à chuchoter,
je voulus traduire leurs gestes et
l'expression de leur visage. Une
longue habitude m'a rendue assez
habile sur ce point, et rarement je
m'y trompe. Je reconnus donc que
Surville, emporté par sa vanité et
peut-être aussi par sa légèreté accou-
tumée, avait été indiscret. Je l'avoue,
ce n'était pas ce tort que je m'at-
tendais à lui trouver : je le jugeais

mieux. Aussi cette découverte me causa un nouveau chagrin. Sur ces entrefaites il arriva. En reconnaissant sa voiture je fus saisie d'un trouble inexprimable , et lorsqu'il parut au salon , je pensai m'évanouir. Plus gênée que jamais de sa présence, je ne levai pas les yeux sur lui. Je remarquai seulement qu'après les premiers bonjours, il s'était glissé derrière le fauteuil de sa mère comme pour prendre un journal sur la cheminée. Mon cœur palpitait avec violence, en le sentant si près de moi; mais combattue par mille sentimens contraires, blessée de son retard et du tort que je lui avais dé-

couvert, j'eus la force de ne le pas
regarder. Il quitta cette place et venant se mettre de l'autre côté en
face de moi, il dit tout haut: « Flaminie est bien pensive aujourd'hui » !
— J'ai plus d'un motif pour l'être,
répondis-je ; mais d'une voix si mal
assurée, que je ne sais s'il m'enten-
dit. On parla du départ de monsieur
de Surville, pour une des villes
conquises, et comme sa famille doit
l'y suivre, Surville me dit : « Flaminie, vous partez, j'irai vous voir».
Un geste d'impatience et négatif fut
ma réponse. Il parut surpris et vouloir en chercher le motif. Une des
parentes qui avaient chuchoté,
s'approcha de moi; « vous êtes bien

« triste ! ma chère », et remarquant
sans doute les pleurs qui bai-
gnaient mes yeux, elle ajouta : « Pour-
« quoi cet état, quand tout devient
« beau pour vous » ? Que voulait-
elle dire, Cécile ? Elle en savait
plus que moi ; mais on ne m'a ré-
pété que ce qui pouvait me déses-
pérer.

L'annonce du dîner me soulagea.
C'était un changement de situation
et les malheureux ne désirent que
cela, parce qu'ils espèrent toujours
y trouver un allégement à leurs
maux. Un frère de Surville se pla-
ça près de moi, et sur mon refus
de tous les mets qu'on m'offrait,
il me dit : « Vous m'inquiétez, Fla-

« minie; d'où vient ne mangez-
« vous pas? d'où vient surtout cette
« sombre mélancolie où je vous vois
« toujours plongée ». Il était le seul
de sa famille qui en ignorât la
cause ; une longue absence l'en
avait séparé, et il était arrivé tout
récemment. C'est un homme aimable , d'un caractère doux et bien
veillant, et qui a toujours été pour
moi d'une prévenance et d'une politesse parfaites. A la fin du dîner , on
offrit quelques friandises, et n'ayan^t
rien mangé, j'en acceptai; mais on
me servit si copieusement , que ,
sans y songer, je dis à Ernest : « On
« m'en a trop donné, je ne man-
« gerai pas le quart de cela ». Eh !

« bien, partagez avec moi », et en disant ces mots, il prit sur mon assiette ce qui lui plut. Comme je n'y avais pas encore touché, et que cette passion m'absorbe à un point qui me rend d'une insouciance entière sur tout ce qui n'est pas elle, je le laissai faire. Mais involontairement je regardait Surville, et je crus appercevoir sur son visage une légère expression de mécontentement. Ce n'est pas la première circonstance où j'ai vu qu'il était porté à la jalousie. Cependant malgré notre dépit réciproque, nos yeux se rencontrèrent plus d'une fois. Je sentis que les miens lui disaient encore *je vous aime*, et les siens me

Tome I.   3

répondaient aussi : *je ne vous hais pas.*

Au sortir de table, je me mis à une fenêtre avec cette parente que je voulais chambrer, pour m'assurer de ce que j'avais deviné. Surville vint plaisanter avec elle selon sa coutume, lorsqu'il voulait me parler ; car nous étions presque toujours ensemble. Je ne lui dis rien, et me tins à l'écart. D'autres personnes l'entraînèrent, et moi, de mon côté, j'emmenai sa cousine au jardin. Nous avions souvent parlé de lui, mais je n'avais jamais dit que je l'aimais, seulement je voyais qu'elle s'en était aperçue. Mais cette fois j'étais si bouleversée que je

rompis la glace. « Il faut, lui dis-je,
« que vous m'avoueyez la vérité.
« Je suis certaine qu'avant le dîner,
« vous et Madame de.....avez par-
« lé de moi, de votre cousin; je
« suis certaine qu'elle vous a dit....»
« J'hésitai. — Eh bien! qu'a-t-elle
« dit ? — Que j'aime Surville, et
« qu'il le sait ». D'abord elle voulut nier qu'elles eussent parlé de
cela ; mais je lui montrai une con-
viction si parfaite qu'elle finit par
convenir qu'en effet, il l'avait dit à
sa belle sœur, avec d'autres circonstances que tu sais, puisque je t'ai
envoyé ma lettre à Surville. Seulement je vis que par amour-propre
il avait tronqué une partie de mon

*

aveu; car en convenant avec lui que je l'aimais, je lui avais parlé de sa légèreté, de ses défauts qui me semblaient un contre-poids de ses agremens. « Tout cela n'empê-
« chera pas que vous ne m'aimiez
« aussi long-tems que je le voudrai,
« me répondait-il » avec cette confiance de la fatuité, et peut-être aussi de la connaissance de lui-même; parce que sûrement en se laissant aller à ce qu'il a d'aimable et de bon, il détruira toujours les mauvaises impressions que des défauts qui ne sont pas à lui, pourront donner. Cependant pour mon honneur je l'assurai du contraire, et emportée par une idée qui m'est

souvent venue en effet depuis que je l'aime, j'ajoutai : « Si je croyais
« ne pouvoir pas me guérir, je
« m'empoisonnerais ». Tu vois que
ceci était autant à mon avantage qu'au sien, puisque c'était dire :
« Si je me croyais assez lâche pour
« ne savoir pas vaincre une passion
« honteuse dès qu'elle ne sera point
« partagée, je me punirais de ma
« faiblesse ».

Un de ses frères, non celui dont je viens de parler, mais le mari de l'indiscrète à laquelle l'aussi indiscret Surville avait tout conté, vint nous joindre au jardin, et pressé apparemment du besoin de me faire une scène, il m'aborda. Sa femme et madame de Surville qui l'avaient accompagné , se promenaient à quelque distance avec la cousine qui m'avait quittée , et je me trouvai seule avec lui. Je ne sais comment cela s'engraina , mais il me parla de Surville , *de ma préten-due passion , dont personne n'é-tait dupe. Pour son compte à lui, il n'en croyait pas un mot. C'et-tait pure affectation de ma part, et désir de me singulariser.* Il contitua sur ce ton assez long-tems et quoique blessée au vif, je le laissai dire. Enfin , ne pouvant plus con-tenir mon indignation, j'éclatai. «Je « vous trouve bien plaisant , mon-sieur, lui dis-je, de vous mêler de

« tout ceci ! Que vous importe ,
« après tout , que j'aime votre frè-
« re ? Ne suis-je pas maîtresse de
« mes actions ? Quels droits avez-
« vous sur elles et sur moi ? Et s'il
« me plaît d'aimer Surville , qui de
« vous peut m'en empêcher ? Quoi!
« lorsque depuis long-tems, pour me
« mettre à l'abri du reproche, j'é-
« touffe un sentiment que, sans cri-
« me enfin, je pouvais laisser voir,
« tout ce que j'aurai gagné à mes
« efforts, à mes sacrifices, à la per-
« te de mon bonheur et de mon
« repos, ce sera de m'entendre
« dire qu'il est feint ! Eh bien !
« monsieur, puisque vous le pre-
« nez ainsi, oui, j'aime votre frères

« je vous le dis, je le lui dirai. —

« Vous l'avez déjà dit. — Pas en-

« core assez ; je le lui répéterai ; je

« le publierai à toute la terre. —

« Eh bien! s'il est vrai que vous

« l'aimez, c'est un tort de plus ;

« vous manquez de reconnaissance

« et d'égards pour la famille. —

« Arrêtez, monsieur, et n'ajoutez

« pas l'insulte à l'outrage ; c'est

« m'outrager que de me supposer

« capable de feindre ; c'est m'insul-

« ter que de me dire que je ne suis

« pas digne.... vous m'entendez.

« Apprenez, monsieur, que je ne

« puis manquer d'égards à qui que

« ce soit en m'égalant à lui, et

« fut-ce un prince, je croirais l'ho-

« norer ».

On rentra. Surville partait. En sortant, il affecta de souhaiter le bon soir très-haut, et généralement, ce qui ne lui était pas ordinaire. Je crus voir qu'il voulait, par-là, me donner une marque d'attention qu'il ne pouvait me témoigner particu-lièrement sans attirer les regards, ou que peut-être la froideur où nous avions été ensemble tout le jour, lui ôtait le désir de me marquer.

Sa cousine se rapprocha de moi. Je lui racontai la scène que je ve-nais d'avoir, et lui appris que j'é-tais décidée à m'éloigner. « Certes, « lui dis-je, je ne resterai pas dans « une famille où l'on a pu me soup- « çonner d'une telle bassesse ». Elle

me représenta que j'avais tort de
m'affecter de cette querelle , me
conseilla de l'oublier ainsi que l'objet
de mes chagrins. « Il n'est pas digne
« du sentiment que vous avez pour
« lui , continua-t-elle ; et voulant
me le prouver , elle me raconta
quelques légèretés en effet très-cou-
pables qu'elle lui avait entendu dire,
tandis que j'étais aux prises avec
son frère , « raison de plus pour te-
« nir au parti que j'ai pris » , répondis-je , et me sentant le besoin
de me calmer , je retournai au jardin. Quoique la nuit fût obscure ,
j'y voyais assez pour distinguer les
objets qui pouvaient m'intéresser.
En songeant que c'était la dernière

fois que je revoyais ces lieux, mon cœur se serra, et je ne pus retenir mes pleurs. Quoi ! me diras-tu, des regrets encore ; des regrets à l'instant même où tu venais de découvrir de nouveaux torts ! Cécile, tu ne connais pas l'amour, tu ne sais pas à quel point il peut être indulgent et généreux ; tu ne sais pas qu'on peut tout pardonner à ce qu'on aime. Vois l'amour maternel. C'est, dit-on, le plus tendre, le plus véritable de tous ; eh bien, Cécile, c'est aussi le plus indulgent. Quelle mère ne pardonnerait à son fils, les plus cruels outrages ! Qu'on ne me parle pas d'orgueil, de fierté. Il est bien faible le sentiment qui leur

cède ! Je parcourus plusieurs fois le
jardin, et partout je trouvai des
souvenirs douloureux. Ce bosquet
me rappelait qu'un soir Surville
s'y était caché pour surprendre sa
cousine et moi qui nous y prome-
nions ; plus loin, feignant de plaisanter avec elle, il passa un bras
autour de sa taille, pour venir presser la mienne ; dans cette sombre
allée, entourés de tous les enfans,
il défit à moitié mon gant, pour
toucher mon bras. Ici, un regard ;
là, un de ces mots qui, insignifians
pour tout le monde, disaient tant
pour moi. « Adieu, m'écriai – je,
« adieu, lieux si souvent confidens
« de mes angoisses, et quelquefois

« témoins de mon bonheur , adieu,
« la triste Flaminie vous voit au-
« jourd'hui pour la dernière fois ».

Mais tout dort autour de moi,
et quoiqu'assurée de ne pas trouver le repos , je vais le chercher.

Adieu , ma chère Cécile.

LETTRE V.

Je n'ai pas besoin de te dire que
je passai une affreuse nuit. Mon premier soin, à mon lever, fut d'écrire
à Survillle. Tu penseras peut-être
qu'il y aurait eu plus de dignité, ou
du moins plus de sagesse à garder
le silence et à m'éloigner sans rien
dire ; mais un des traits distinctifs de
mon caractère est de ne savoir pas
résister à un premier mouvement ;
c'est toujours lui qui m'entraîne et
qui décide de mon sort. En y ré-
fléchissant depuis, j'ai trouvé que
je ne pouvais mieux faire, parce
qu'en avouant à Surville que je
l'aimais, je m'étais en quelque sorte

imposé l'obligation de lui rendre compte de ma conduite, et qu'en le fuyant, je devais lui dire: « je vous « fuis ; en-voici le motif ». Ainsi, tu vois que ces premiers mouve-mens contre lesquels on s'élève tou-jours, ne sont pas aussi mauvais qu'on le croit ; ils me paraissent au-tant l'instinct de la raison que celui de la nature beaucoup moins oppo-sés à celle-ci, qu'on ne le pense. Ecoute la raison ; elle a je ne sais quoi de noble et de fier qui vous dit toujours : « ne t'avilis pas ». In-terroge la nature, elle tiendra le même langage. Mais il est une raison de convention, une raison sociale et de calcul qui nous crie : « Sacri-

« fie ce qui est grand à ce qui est
« utile.». Il serait beau d'agir ainsi;
mais il n'y a rien à gagner et beaucoup à perdre. Voilà sous quel rapport on a pu dire avec fondement:
*L'homme civilisé est un homme
dégradé.*

Passe-moi ce trait de métaphy-
sique, il m'est à peu près aussi ordinaire de penser que de sentir, et
lorsqu'une réflexion s'offre à ma
plume, je ne puis me refuser au
plaisir de la consigner.

Ma lettre partie, je me trouvai
plus tranquille. Voilà qui est fait, me
dis-je, à présent je ne le reverrai pas.
J'ai pris des armes contre ma faiblesse, et c'est à mon honneur que

j'ai confié les intérêts de ma fierté. Ce serment redoutable je ne le trahirai point, je n'irai plus chez la mère de Surville, et sûrement lui ne viendra pas me chercher ici.

Je m'occupai alors d'annoncer à Madame de Surville, que je ne la suivrais pas, et je résolus de le lui dire dès ce jour, afin qu'elle eut le tems de retrouver une autre personne.

Je descendis pour le dîner, inquiète de ce que je voulais lui apprendre. Il m'en coutait de lui dire : *je veux vous quitter*. Elle répondit à peine à mon bonjour et avec une sécheresse que je ne lui avais jamais vue. « Elle sait tout, me dis-je,

« tant mieux ! j'en aurai plus de
« courage à lui parler ». Je vis que
l'humeur de Madame de Surville venait de ce que j'avais levé le voile dont
jusqu'à ce moment j'avais enveloppé
mes sentimens pour son frère , et
cette idée me redonnant ma fierté,
je lui rendis sécheresse pour sécheresse. Je crois qu'elle s'en aperçut,
parce que durant le dîner, elle reprit avec moi sa politesse et ses
égards accoutumés. Au sortir de
table , elle alla faire des visites. Le
lendemain, n'ayant encore pu trouver l'occasion de lui parler, je me
décidai à lui écrire , et je chargeai
sa femme de chambre de lui remettre
ma lettre.

A mon lever, j'allai lui souhaiter le bon jour, ce qui m'arrivait rarement, à moins que je ne la susse incommodée. Tout ce qui sent la servitude et le devoir me déplaît, Cécile, et je n'avais jamais voulu m'en faire une obligation. Mais ce jour là, je me sentais le besoin de la voir, et d'effacer, par une attention, ce que ma lettre pouvait avoir eu de désagréable pour elle.

Je la trouvai pâle et défaite ; on voyait qu'elle avait passé une mauvaise nuit ; de son côté elle pût faire la même remarque, et le gonflement de mon visage, ainsi que la rougeur de mes yeux, lui appri-

rent que je n'avais pas été plus tranquille « Je désirais causer avec vous'
« Flaminie, me dit-elle, mais voilà
« quelqu'un qui m'en empêche », et
en effet, il y avait je ne sais qui.
« Oh ! lui répondis-je, rien ne
« presse ; nous avons le tems de
« nous parler ; je ne venais pas
« pour cela ; mais seulement pour
« vous voir ». Je remontai dans
ma chambre. Quelque tems après
un domestique vint de la part de
Madame de Surville me prier de
descendre : *chez Monsieur*, Mademoiselle, ajouta-t-il, et ces mots ;
joints au ton presque solemnel dont
ils furent prononcés, me causèrent
une sorte d'effroi. Hors les instans

où de grands intérêts m'animent, je suis timide, Cécile, et la présence d'un homme m'embarrasse et m'impose. Je sentais d'ailleurs qu'il serait question de Surville , et j'étais fâchée de trouver son frère entre Madame de Surville et moi. Les femmes, même les plus austères, respectent les douleurs de l'âme; mais les hommes, Cécile, ne sont point susceptibles de ces ménagemens délicats dont ils ne soupçonnent pas même l'éxistence. Ils ne voyent que la raison , et pour parler , disent-ils , son langage , ils frappent sans s'embarrasser s'ils blessent.

Je tachai pourtant de me faire une contenance tranquille , ce qui

n'était pas facile, car les enfans
vinrent se jeter dans mes bras en me
conjurant de ne les pas quitter.
« N'est-ce pas que vous nous reste-
« rez? n'est-ce pas que vous allez
« dire à maman que vous viendrez
« avec nous? laissez-moi leur dis-je,
« en les repoussant doucement et
« mêlant malgré moi mes larmes
« aux leurs, laissez – moi ; j'ai
« besoin de toute ma fermeté ».
Je marrachai à elles, et descendis
en messuyant les yeux. Arrivée à
la porte de Monsieur de Surville,
il me prit un frémissement tel, que
je pensai revenir sur mes pas.
« Allons, me dis-je, il faut en
« finir, aussi bien ce sera la der-
« nière de mes crises ».

Madame de Surville me présenta
un fauteuil près d'elle ; je m'assis
sans rien dire. Pendant quelques
instants nous gardâmes le silence ;
chacun de nous semblait redouter
de le rompre. Madame de Surville
regardait son mari qui se promenait
au tour de la chambre. Enfin , prenant la parole, « Flaminie, dit-il,
« depuis quelques jours, je voulais
« vous parler », et il s'arrêta, comme embarrassé de ce qu'il voulait
dire ; puis venant s'asseoir vis-à-vis
de moi : « J'ai appris que vous
« aviez à vous plaindre de Gustave.
(C'est celui de ses frères avec qui
j'ai eu cette scène.)« Oui, Monsieur,
« il m'a dit l'autre soir des choses. .

« ricicules » ! Je pus à peine articu-
ler ce dernier mot ; parce que ce
renouvellement de mes douleurs, le
dépit, et je crois la honte m'arra-
chèrent des sanglots qui me coupè-
rent la voix. Je m'appuyai sur une
table placée devant moi, et me ca-
chai le visage de mes mains. « Je
« suis surpris, Flaminie, que vous
« vous soyez offensée du discours
« de Gustave ; il n'avait, ce me
« semble, rien de blessant pour
« vous, et je trouve que mon frère
« a été très-adroit dans cette affaire.
« Douter de votre amour, c'était
« vous en faire sentir l'inconvenan-
« ce et vous auriez dû saisir son
« idée. Ah !s'il vous avait dit : *on*

« *sure que vous aimez Charles* ,
» c'est alors que vous auriez eu
« raison de le tancer sévèrement, et
« de rejeter bien loin une pareille
« idée. Mais au lieu de cela, vous
« jettez les hauts cris , et vous nous
« quittez. Je ne veux pas que ce
« soit un coup de tête qui vous sé-
« pare de nous , Flaminie. Vous
« avez des qualités auxquelles on
« ne peut refuser son intérêt et son
« estime; impossible de vous con-
« naître sans s'attacher à vous.
« Mais vous avez une mauvaise
« tête , une tête qui vous per-
« dra si vous n'apprenez à la gou-
« verner. Voyez tous les avantages
« que votre position vous offre

« pour cela , toutes les ressources

« que vous y trouvez contr'elle.

« Ma femme et mes enfans toujours

« là , pour être votre appui ; les

« soins que vous donnez à ceux-

« ci , une distraction utile et hono-

« rable ; notre reconnaissance et

« notre amitié un tribut assuré :

« voilà les garans et la récompense

« de votre victoire ».

Je ne puis disconvenir qu'à bien
des égards le discours de M. de
Surville , ne fut très-sage. Aussi
j'en ressentais l'influence, et croyant
entendre la voix d'un père , je l'é-
coutais avec respect ; mais quelques
traits méchans qui lui échapèrent à
la suite, rallumèrent mon ressenti-

ment, et j'ouvrais la bouche pour lui
dire : «Je ne suis pas venue ici, Mon-
«sieur, pour recevoir des leçons et des
« insultes ; mais pour vous confir-
« mer la lettre que j'écrivis hier , à
« Madame , « lorsqu'on annonça
une visite. Je me levai précipitamment , et madame de Surville pénétrant mon motif, me prit la main
et m'entraîna par une porte dero-
bée qui nous conduisit à son appartement. là, plus gênée par la présence de M. de Surville, je me
jettai dans ses bras et je fondis en
larmes. Madame de Surville est
froide et a quelquefois de la sécheresse ; mais son caractère est très-
noble. Sans indulgence pour les

faiblesses du cœur; si ces faiblesses
produisent le malheur ou une douleur profonde , elle en est touchée,
et dans cette circonstance , je trouvai en elle l'amie la plus tendre.
« Ma chère Flaminie, me dit-elle
en m'embrassant , je conçois vos
« douleurs et je les plains. Souvent
« j'ai eu le désir de vous parler ;
« dès long-tems j'avais lu dans votre
« ame , mais je ne voulais pas en-
« trer dans cette confidence.—Ah !
« que vous m'auriez épargné de pei-
« nes ! et moi aussi j'ai voulu vous
« ouvrir mon cœur ; mais je vous
« trouvais une froideur qui repous-
« sait mes épanchemens. Il m'en
« coûtait, d'ailleurs, de vous dire:

« *Il faut que je vous quitte parce*
« *que je suis une folle.* Quelque-
« fois j'essayais de me guérir en
« voyant moins souvent Surville,
« et vous avez pu remarquer alors
« que je me dispensais de vous ac-
« compagner chez sa mère. Mais
« lorsque la nécessité m'y condui-
« sait, sa vue détruisait toutes mes
« résolutions. Ah! sûrement j'ai pu
« former le désir de l'épouser, et,
« sous ce rapport, je ne suis pas
« exempte de reproche ; mais si
« vous saviez combien ce désir
« était désintéressé ! C'était mon
« cœur qui le formait ; c'était Sur-
« ville que j'aimais, et, pour le
« lui prouver, j'aurais avec joie sa-

« crifié ma vie. Oui! si l'on m'avait
« dit : *Vois-tu ce bûcher ? une*
« *mort douloureuse t'y attend*
« *peut-être ; mais si tu n'y suc-*
« *combes pas, il sera ta récom-*
« *pense :* je m'y serais jettée, Ma-
« dame. Dans mes courts inter-
« valles de raison, je me représen-
« tais l'extravagance de cette pas-
« sion; je me disais : *supposé qu'il*
« *t'aimât assez pour te sacrifier*
« *tous ses avantages et le sort*
« *qu'il a droit d'attendre, tu se-*
« *rais heureuse six mois, et tu*
« *pleurerais tout le reste de ta*
« *vie. Peut-être même Surville*
« *guéri de son amour, mettrait*
« *le comble à ton désespoir en*

« doutant du tien. Il te repro-
« cherait la folie où tu l'aurais
« entraîné; t'accuserait d'avoir
« été mue par des vues ambitieu-
« ses et interessées. Car voilà les
« hommes : résistez à leurs désirs,
« ils vous taxeront d'indifférence
« et d'insensibilité; cédez y, ils vous
« reprocheront jusques au bonheur
« qu'ils vous doivent ! Vous le
« vîtes hier chez sa mère, conti-
« nuai-je en hésitant ; vous a-t-il
« parlé de moi ? — Oui, avec sa
« légèreté ordinaire il m'a deman-
« dé : comment se porte mes
« Amours ? — Que cela ? — Rien
« de plus. — Eh bien, puisque je
« vous ai ouvert mon cœur, je

« ne veux vous rien cacher. je lui
« ai écrit. Vous l'a-t-il dit ? — Non.
« Vous a-t-il répondu ? — Oh il
« n'y avait pas de réponse à ma
« lettre.—Eh bien , Flaminie, puis-
« que vous prenez ce parti cou-
« rageux , venez avec nous; c'est
« un moyen de vous guérir : vous
« ne le verrez plus , ma chère.
« — Mais j'en entendrai parler. Non,
« il faut que je rompe avec tout
« ce qui peut me le rappeler; et
« tenez , l'intérêt même de vos filles
« exige que je vous quitte. Cette
« passion me maîtrise à un point
« qui, la plupart du tems , me met
« hors d'état de m'en occuper ; puis,
« je ne veux pas fournir de prétexte

« aux reproches que peut-être un
« jour on pourrait m'adresser. Si
« malheureusement une d'elles tour-
« nait mal, on s'en prendrait à moi ;
« on dirait : *cette Flaminie avait*
« *une tête si exaltée ! c'est elle*
« *qui l'a perdue.* Vous même,
« malgré la justice que vous me
« rendez, vous seriez mère, et,
« dans les torts de votre fille, vous
« ne verriez que les miens. C'en
« est fait, je renonce pour jamais
« à une carrière qui ne me con-
« vient point, qui n'était pas de
« mon choix, et où je fus jettée
« malgré moi. — Je veux du moins
« que nous restions amies, Flami-
« nie. — Ah! c'est à moi de sollici-

« ter cette faveur, répondis-je en
« l'embrassant, c'est moi qui en
« recueillerai tout le fruit ». Malgré
ceci, Madame Surville a voulu
que je prisse du tems pour réflé-
chir encore, et craignant de la bles-
ser par l'annonce d'une résolution
irrévocable, j'acquiesçai à son désir.

A présent tu vas me demander
ce que je ferai. En vérité je l'ignore.
Mon sort est ce qui m'interresse
le moins. Fuir Surville et ceux qui
m'ont maltraitée à son occasion,
est tout ce que je veux : le reste
m'est indifférent.

Mais il est tems de finir cette
lettre.

Adieu, ma chère Cécile; aime
moi toujours, j'en ai plus besoin
que jamais.

LETTRE VI.

Madame de Rochebonne à
Cécile.

IL faut, ma chère Cécile, que
vous écriviez sur-le-champ à votre
mère d'aller voir M. Derval. Sûrement il ne refusera pas de venir
au secours de sà nièce, dans la terrible situation où elle se trouve. J'aurais été lui parler moi-même si je
n'avais été certaine que c'était gâter
les affaires de notre amie, à cause
de cette fâcheuse discussion qui
existe entre mon mari et M. Derval.

Cette pauvre Flaminie me fait
un mal affreux. Jamais on ne vit

une passion si forte; non-seulement
elle l'aveugle sur son sort , mais
elle lui ôte même le pouvoir de
s'en occuper. Si je lui en parle,
elle me répond de Surville; et si ,
impatientée de son obsession, je la
brusque pour la ramener à elle;
quelques monosyllabes sont tout ce
que j'en puis obtenir. « Que ferez-
« vous , Flaminie ? — Je n'en sais
« rien. — Mais où irez-vous ? — Je
« l'ignore. Il faut cependant pren-
« dre un parti. — Je le prendrai ».
Son insouciance m'étonne, et sa
tranquillité m'éffraye ; elle ne peut
venir que d'un dessein funeste :
sauvons-la de son désespoir. Ecri-
vez à votre mère par l'exprès que
je vous envoie ; il peut être ici dé-

main soir, et votre mère ne perdant point de tems ; dans trois jours
je puis avoir quelque chose d'heureux à dire à notre amie.

Hier, elle vint me voir. Je la
prêchai de nouveau pour partir avec
Madame de Surville. Cela nous conduisit naturellement à parler de
cet étourdi que je ne connais pas
et contre lequel je jettai feu et
flamme. Elle l'excusa selon sa coutume. « Pouvez-vous, lui dis-je,
« défendre encore l'homme dont
« la coupable indiscrétion vous coû-
« te votre sort!—Il ne le savait pas.—
« Il devait le prévoir. Comment
« n'a-t-il pas senti qu'en divulguant
« le secret que votre folle tendresse

« lui confia, il armait contre vous
« toute sa famille ? — Il n'y a pas
« songé. = Quel être est-ce donc?
« — C'est un homme léger, incon-
« séquent, d'une imagination vive
« et susceptible de l'entraînement
« le plus profond ; sensible par ac-
« cés ; méchant par air et quelque-
« fois par dépit, mais bon au fond ;
« emporté par tout ce qui l'envi-
« ronne, et cédant toujours à l'im-
« pulsion du moment : voilà Sur-
« ville. Ajoutez à cela beaucoup
« d'esprit, de l'élévation dans l'âme,
« de la grandeur dans les idées,
« la connaissance et le goût du bon.
« Je ne vous parle pas de tous ses
« autres avantages ; de sa gaîté si

« franche, de sa folie si piquante,
« de son abandon si aimable, de sa
« beauté, de sa grâce ; mais vous
« conviendrez avec moi que lors-
« qu'on réunit tout cela, lorsqu'un
« homme tel que Surville a voulu
« plaire et se faire aimer, il est im-
« possible de l'oublier ». Au fond,
j'étais de son avis, et je crains bien
en effet que cette passion ne s'é-
teigne jamais. Pauvre Flaminie !

Faisons du moins ce que l'amitié
nous impose. Elle a une bien mauvaise tête ! mais son cœur est si bon !
son ame si noble ! son caractère
si aimable ! elle écoute les conseils
avec tant de docilité, convient de
ses torts avec tant de candeur,

avoue ses défauts avec tant de franchise, qu'elle désarmerait la sévérité la plus austère et la haîne la
plus invétérée, si l'on en pouvait
nourrir contr'elle. Son extrême vivacité, jointe à l'énergie de ses sentimens et à l'indépendance avec laquelle elle les montre, peut l'inspirer quelquefois ; mais son cœur lui
ramène toujours ceux que ses écarts
en éloignèrent, et je n'ai vu personne qui, ayant connu Flaminie,
ne m'en ait parlé avec estime et
intérêt.

Mais le plaisir de faire son éloge
lui nuit peut-être en ce moment ;
voilà un quart-d'heure de perdu.
Heureusement nous ne sommes pas

à cela près , parce que Flaminie m'a dit hier qu'elle resterait avec Madame de Surville jusqu'à ce qu'il y ait une autre personne pour la remplacer ; ce qui nous donne de la marge. Je n'en ai pas moins hâte d'être au bout de mon entreprise. Outre la tranquillité de Flaminie , j'envisage les convenances. Il n'est pour elle d'asile honorable et sûr que la protection de son oncle , et je suis décidée à tout tenter pour la lui acquérir.

Adieu , ma chère Cécile. Votre lettre demain.

LETTRE VII.

Flaminie à Cécile.

Sais-tu ce qui m'arrive ? oh je ne douterai jamais de cette bienfaisante providence qui assure toujours une ressource aux malheureux.

L'autre jour Madame de Roche-bonne entre chez moi, et vient m'embrasser d'un air de joie auquel je ne comprenais rien. « Flaminie, « dit-elle, ma chère Flaminie, j'es- « père enfin vous voir heureuse », et comme mon regard et un soupir lui disaient le contraire ; elle reprit, « tranquille au moins » .

Alors elle m'apprit les démarches
qu'elle avait fait faire auprès de mon
oncle, ce frère de ma mère que je
n'avais pas voulu voir depuis sa
mort, à cause des différens qu'ils
eurent ensemble. J'ignore de quel
moyen elle s'est servie, car sûrement ce n'est pas elle qui l'a été
voir ; mais elle me remit ce billet de
M. Derval. « La fille de ma sœur
« n'a jamais pu cesser de m'être
« chère. Venez Flaminie, vous trou-
« verez en moi un père et un ami ».
Surprise et troublée je considérais
ce billet et gardais le silence. « Eh
« bien ! vous ne dites rien, au-
« rais-je commis une indiscrétion?
« me serais-je trompée sur les mo-

« yens de vous servir » ? dit Madame
de Rochebonne d'un ton à moitié
sévère et blessé. Ma réponse fut de
me jeter dans ses bras et de la presser
sur mon cœur. « Pardon lui dis-je,
« mille fois pardon d'avoir pu vous
« causer cette erreur pénible. Mon
« silence ne venait pas d'improba-
« tion ; mais d'agitation et d'inquié-
« tude. Il y a si long-tems que je
« n'ai vu M. Derval, et puis enfin
« quelle opinion aura-t-il de moi ?
« il pourra dire : ce n'est pas son
« cœur qui me la ramenne ; si Fla-
« minie avait pu se passer de moi,
« Flaminie ne m'aurait pas cherché.
« —Vous lui avez prouvé long-tems
« que vous saviez souffrir sans vous

« avilir. Enfin, il est un terme à
« tout, et aux haînes de famille plus
« qu'à toute autre chose. Là, on
« ne doit écouter ni la fierté ni le
« ressentiment. Ces liens sacrés qui
« ne devraient jamais se briser, s'ils
« le furent, doivent se renouer dès
« qu'il y a possibilité. La nature, la
« morale, l'intérêt même nous en font
« une loi ; ouï l'intérêt, parce que
« ces sortes de dissensions nuisent
« toujours. Le monde ne remonte
« pas à leur cause, souvent même
« il l'ignore ; il ne juge donc que
« sur l'effet, et celui-ci est tou-
« jours au détriment du faible. Al-
« lons, Flaminie, plus d'incertitude,
« plus de débats. Demain à neuf

« heures du matin vous verrez votre
« oncle, il a choisi cette heure afin
« d'être seul avec vous, voici son
« adresse. A onze je vous attends
« chez moi pour me rendre compte
« de votre entrevue ». Elle m'embrassa et partit.

Madame de Rochebonne a,
comme tu le sais, de la domination
dans le caractère; elle tient forte-
ment à ses idées et il est difficile de
discuter tranquillement avec elle.
De plus, elle m'inspire le respect
que je dois à une amie de ma mère,
et je l'aime pour l'indulgence avec
laquelle elle me traite, tout en me
grondant; toi exceptée, je n'ai pas
d'amie plus sincère.

Tu jugeras facilement des com-
bats que j'eus à soutenir avec moi-
même. Passant tour-à-tour de la
reconnaissance au ressentiment, de
la confiance à la crainte, de l'orgueil
à la nécessité, je changeais de résolution à chaque instant. « Non,
« m'écriais-je, il vaut mieux mourir
« que de faire une bassesse, et c'en
« serait une que cette démarche ».
D'un autre côté, mourir c'était assurer le triomphe de Surville, et
ma fierté ne pouvait supporter cette
idée. Mon agitation devint si forte
qu'au milieu de la nuit je me levai
et en passai le reste à me promener
dans ma chambre.

à l'instant du rendez-vous il vint

une pluie si violente que je ne pus
sortir. Ma supertitieuse imagination
s'en éffaroucha. Je voyais dans cet
orage ou un mauvais présage ou un
signe de l'improbation du ciel.
« Eh bien tant mieux! me disais-je,
«l'heure se passera et je serai dispen-
« sée de cette terrible démarche ».
Mais le tems qui suit son cours, sans
s'embarrasser de nos misérables
conjectures, le tems se remit et le
soleil me rendit mon anxiété. Je
sortis d'un pas convulsif, et marchais
comme si j'avais été poursuivie par
quelque fantôme effrayant. Je m'e-
xcitais de ce courage du désespoir,
et je me précipitai plutôt que je n'entrai chez M. Derval. En m'apper-

Tome I. 5

cevant il vint au-devant de moi et
m'embrassa. Pendant près de dix
minutes j'éprouvai une suffocation
si forte qu'il me fût impossible
de prononcer un mot. M. Derval
me regardait avec surprise, et semblait ne rien comprendre à une agitation si extraordinaire. Tu vas me
trouver romanesque, Cécile; mais
je n'étais pas contente de la tran-
quilité de M. Derval. J'aurais voulu
lui voir un profond attendrissement,
ou de la contrainte, ou de l'humeur
même ; une émotion enfin ; la
mienne se calma et nous causâmes.
Il me donna sur mon sort les assu-
rances les plus tranquillisantes. Je
n'habiterai pas avec lui, « votre âge

« le permet, dit=il, ayez seulement
« soin de prendre un appartement
« dans mon voisinage, afin que nous
« nous voions souvent ». Je n'ai
pas vu Madame Derval, elle était
à la campagne. Mon oncle m'a
dit qu'il me présenterait à elle la
première fois qu'elle viendrait à
Paris.

Je sortis de chez lui plus légère
que je n'y étais entrée. A la sécurité
sur mon sort se joignait une sorte
d'orgueil qui dilatait mon cœur.
« Je ne suis plus seule sur la terre,
« me disais-je, je ne suis plus cet être
« proscrit, abandonné, que chacun
« se croyait en droit de maltraiter.
« J'ai une famille, un appui. Mes in-

« jures seront senties, mes ressen-
« timens partagés, mes peines soula-
« gées ; d'autres cœurs souvriront à
« mon cœur; non je ne suis plus seule,
« et je puis encore. — Ma bouche
voulait prononcer *être heureuse* ;
mais un douloureux souvenir, un
souvenir qui me poursuit toujours,
arrêta ce mot sur mes lèvres, et
en me rendant ma tristesse , dissipa
le charme passager qui venait de
m'enivrer.

Je reçois à l'instant ta réponse à
ma dernière lettre. Tu regrettes ,
dis-tu , que je ne veuille pas accompagner Madame de Surville ; tu
trouves même de l'ingratitude à
cela. C'est attaquer mon cœur, et

j'aurais le droit de m'en offenser. Je
suis loin d'être ingrate ; et dans ma
première effusion de reconnoissance
pour l'intérêt qu'elle prenait à mes
chagrins , je lui dis : « Eh bien ! je
« vous suivrai par - tout ». Mais à
peine ce mot fut prononcé , que je
sentis l'indiscrétion de mon engage-
ment, et que je m'arrangeai pour revenir contre. En effet, Cécile, j'aurais
été la plus malheureuse personne du
monde si j'y avais tenu. Songe que
le secret de mon cœur était connu ,
et que cette circonstance me plaçait
dans la situation la plus difficile.
Chaque fois que j'aurais eu de la
tristesse on en eut pénétré la cause ;
et cette cause aurait occasionné de

l'humeur. Il eut paru fort extraordinaire qu'une passion long-tems nourrie dans la contrainte et le silence, ne fût pas guérie en quinze jours ; et lors même qu'une circonstance étrangère à elle aurait causé mon ennui, elle lui eût été attribuée. Qu'aurait-ce donc été? si l'objet de cette passion fatale, appelé par quelque circonstance indépendante de sa volonté, eût, pour un tems, joint son frère. On aurait épié, je ne dis pas démarches, mais chacune de mes actions; un mot, un regard : tout aurait eu son interprétation, et peut-être encore son reproche. Il eut fallu mourir de douleur sans oser dire, je souffre ; et jusqu'aux signes mêmes de cette douleur, il eut fallu tout étouffer. Non, une pareille situation n'était pas supportable, et je lui aurais préféré la mort.

A ce motif, très-légitime de refus, il s'en joignoit un autre non moins puissant pour moi : un dégoût invincible pour les pays étrangers. Je n'aime que le mien, Cécile; et, certes, jamais je ne m'en éloignerai volontairement; vainement on me répétera : *la patrie est par - tout où l'on est bien*, je répondrai toujours : « Mais peut - on être bien ailleurs que dans sa patrie » ? quand surtout cette patrie est la France. O belle France ! séjour des

arts et de la politesse , de l'esprit et
de la raison , de la décence et de la
gaîté , de la franchise et de la bienveillance. Quel pays jamais pût t'être
comparé ! Quel français , à moins
qu'il ne fût maîtrisé par la fatalité ,
put chercher un asile ailleurs que
dans ton sein ! Non, Cécile , qu'on
ne m'en reparle plus. Je veux mourir aux pieds de mes penates , et,
s'il se peut , mêler mes cendres
à celles des objets qui me furent
chers. (1)

---

(1) Pour l'arracher à l'indigence , des
amis de Flaminie lui proposèrent de passer
en Angleterre pour faire l'éducation de
quelque riche anglaise. « Non , répondit-

Mais voici encore une énorme
lettre, moi qui t'avois promis l'au-

───────────────

« elle, je n'irai pas chercher une exis-
« tence chez les ennemis de mon pays.
« — Eh bien, allez en Russie ; nous
« vous procurerons d'excellentes recom-
« mandations. — Bien trouvé, vraiment!
« Un pays où pour un mot on vous
« donne *le knout* et vous envoie en
« Sibérie ; non pas, s'il vous plait. Je
« ne veux ni souffrir ni déplorer ces
« choses là. — Avec tous ces beaux sen-
« timens on meurt de faim, lui disait-on.
« Votre patrie ne vous donnera pas de
« quoi vivre. — Eh bien, si elle ne me
« fait pas de bien, elle ne me fera pas
« de mal non plus ; et du moins mes
« yeux se reposeront toujours sur elle ».
« Je sais cependant que Flaminie n'au-

trè jour que ce serait la dernière
de cette longueur.

---

rait pas haï les voyages ; mais libre-
ment et avec la certitude de revenir
dans son pays.

(Note de l'Editeur).

LETTRE VIII.

J'ai annoncé à Madame de Surville que décidément je ne la suivrais point. Ce n'était pourtant pas l'époque où je devais lui rendre ma réponse; mais j'ai pensé que ce n'était pas la peine de l'attendre, et qu'il y aurait même plus d'honnêteté dans ce procédé. Croirois-tu qu'il m'en coûtait presqu'autant que la première fois, et que j'ai tourné pendant plus de trois heures pour le lui dire? Encore n'ai-je pas abordé la question tout droit; je lui ai fait part de ma réconciliation avec M. Derval. Elle a souri. Vive

les gens d'esprit pour traiter d'affaires ! On ne s'est point parlé , et
l'on s'est tout dit. « A présent, ai-
« je continué, vous pouvez prendre
« votre tems pour chercher une au-
« tre personne ; rien ne m'oblige
« d'entrer chez moi plutôt que tard ;
« et je resterai avec vous tant que
« je pourrai vous être utile ». Elle
m'a remerciée avec grace , et nous
avons causé de la meilleure intelli-
gence du monde de nos projets res-
pectifs.

Hier j'ai vu Madame Derval. Elle
a mis de l'empressement et de la
grace à me rechercher. Son mari
me dit qu'elle avait demandé à me
voir. Il s'informa si elle était visible,

et me conduisit à son appartement.
Le cœur me battait un peu. Nous
nous embrassâmes très – franche-
ment. Elle m'a engagée à l'aller
voir à sa campagne. La première
fois que je serai libre, j'irai lui faire
une visite ; il faut bien commencer
par-là.

J'eus l'autre jour un chagrin que
je veux te conter. Madame de Surville la mère vint voir sa belle-fille ;
j'y étais. Sa vue me causa une vive
émotion. J'ignore jusqu'à quel point
elle est instruite de tout ceci ; mais
je la trouvai plus froide : cela me
fit mal. Je pense que c'est en partie
parce que j'ai cessé d'aller chez
elle, ce qui peut lui paraître une

impolitesse de ma part. Peut-être aussi, et je le crois même, sait-elle quelque chose. Un instant, je la surpris m'observant avec attention; et, dès qu'elle s'en apperçut, elle tourna la tête d'un autre côté. Mes yeux se remplissaient de larmes en la regardant. Je l'aimais pour elle, parce qu'elle est aimable ; pour lui, parce qu'elle est sa mère, et puis elle lui ressemble , Cécile. En s'en allant, elle affecta de ne me pas regarder , quoique je me fusse levée pour la saluer. N'importe, me dis-je, je n'en suivrai pas moins mon projet de lui écrire en partant pour lui faire des adieux et des remerciemens de ses politesses passées,

« Vous l'irez voir avant de nous
« quitter, me dit Madame de Sur-
« ville, qui en causait avec moi ;
« vous ne pouvez vous dispenser de
« ce devoir. Hélas ! répondis-je,
« je me suis mise dans l'impossibilité de le remplir ; mais quelles
« que soient ses froideurs, je lui
« écrirai ».

Adieu, Cécile. On annonce le dîner ; il faut que je te quitte.

LETTRE IX.

JE brûle d'être chez moi. Sans parler du bonheur de ressaisir mon indépendance, je crois que c'est le seul moyen de me guérir. Ici j'entends trop parler de lui, et moi-même j'excite à m'en entretenir. Je trouve toujours le moyen de me faire dire si on l'a vu, s'il avait ou non l'air de s'amuser. M'assure-t-on qu'il était de la gaîté la plus folle ; le dépit, le chagrin me poignardent. « Gai , me dis-je , gai lorsqu'il me « sait au désespoir » ! Me dit-on qu'il est triste ; je me flatte d'avoir part à cette tristesse ; je vais même

jusqu'à interprêter favorablement sa
gaîté. « Elle vient, me dis-je, de
« la certitude d'être aimé. N'é-
« tais-je pas ainsi quand l'espoir
« de lui être chère s'était glissé dans
« mon cœur » ? Quelle folle joie
m'animait alors ! Comme j'étais aimable et bonne pour tout le monde !
Sa mère qui, à cette époque, ne
soupçonnait rien, ou ne s'en offen-
çait pas, sa mère s'amusait de ma
vivacité, de mes saillies. Elle les ra-
contait, louait la gentillesse, l'amabilité de mon caractère. Mais à mesure que cette passion devenait plus
impérieuse et que mes chagrins
s'augmentaient, j'ai perdu tout cela, et je suis devenue un objet de

haine quand je ne devais l'être que de pitié.

Aujourd'hui nous avions du monde. On m'en a prévenue à l'instant de m'habiller. « Quelle robe met- « trez-vous, Mademoiselle » ? demande la femme - de - chambre. — « Celle-là ». Et je montrais précisément la plus vilaine de mes robes. « Mon dieu, madame (1), vous se- « rez affreuse » ! reprirent les enfans. Comment pouvez-vous mettre cela ? Il y a des siècles que vous ne la portez plus. — « Eh bien ! elle me

_____

(1) Les enfans dont Flaminie faisait l'éducation avaient l'habitude de l'appeler Madame.

« plaît à présent. — Vous faites donc
» bien peu de cas des personnes
« que nous avons à dîner ? == Pas
« du tout ; mais la toilette m'ennuie.
« — Vous n'étiez pas de même au-
« trefois. — Les goûts changent ».
Oui, certes, les goûts changent !
Autant il y a quelque tems j'avais le
desir de plaire , autant aujourd'hui
je m'en soucie peu. Qu'importe
comment je serai ? Je ne le verrai
pas, et le jugement des autres m'est
si indifférent !

Tu vois que je retombe dans
toutes mes faiblesses. Hélas ! oui ,
Cécile, j'y retombe. Mon ressentiment n'a duré qu'un instant. A présent j e m'en veux de ma vivacité ,

de la sévérité avec laquelle je lui ai
écrit. Au fond , quel est son tort ?
Une légèreté dont mille autres seraient coupables , un mouvement
de vanité auquel moi-même peut-
être , en pareil cas , j'aurais cédé.
Etait-ce la peine de faire tant de
bruit ? L'humeur que m'a causé son
frère a rejailli sur lui ; sans cette
scène et tous les sots rapports qu'on
m'a faits , je me serais bornée à lui
faire des reproches modérés sur son
indiscrétion , et je ne me serais pas
du moins ôté la possibilité de le
voir. Que dis-je , grand dieu ! La
déplorable chose que les passions !
Comme elles nous ravalent et nous
dégradent ! Me repentir d'avoir cédé

à une juste fierté ! d'avoir tout sa-
crifié à ce respect de nous - même
qui doit toujours nous guider. Plains-
moi, ma chère Cécile, plains-moi,
je mérite de l'être ; et je suis si honteuse de ce retour de foiblesse que
je ne veux pas t'en entretenir plus
long-tems. Adieu. Ne me retire pas
ton amitié, tes consolations. Hélas!
tu es la seule à qui je puisse ouvrir
mon cœur ; et cette nécessité de
tout renfermer, de tout cacher,
ajoute encore à mes maux. Madame
de Rochebonne m'écoute quelquefois ; mais c'est pour me gronder.
Madame de Surville, depuis le jour
de notre entretien, évite tout ce qui
peut y avoir rapport. D'ailleurs elle

n'est pas mon amie ; et dans tout ceci nos intérêts sont si opposés ! Il ne me reste donc que toi , Cécile, que toi avec qui je puisse causer li-brement de mes chagrins. Ne les repousse pas ; ils sont si amers ! En ce moment mes larmes troublent ma vue , au point que je ne dis-tingue pas ce que j'écris.

LETTRE X.

Je t'ai quittée l'autre jour dans une disposition bien douloureuse et tu m'y retrouveras encore : cette maison m'offre trop de souvenirs ; pas un endroit ici où je ne l'aie vu, où je n'en aie reçu des témoignages si non d'amour, du moins d'un intérêt assez tendre pour lui ressembler et pour nourrir le mien. Car enfin, Cécile, je ne suis pas entièrement dépourvue de raison ; je n'aurais pas aimé Surville à ce point si lui-même n'avait pas alimenté mon espoir, attisé ce feu qui me consume. Sans doute la première impression qu'il

me fit, fut complètement à son avantage. « qu'il est beau! me dis-je en
« le voyant pour la première fois,
« qu'il a de noblesse et de grâces!
« c'est un vrai héros de roman ».
Quelques réflexions qu'il fit sur un
acte de tyrannie anglaise dont on
s'entretenait alors, me donnèrent
bonne opinion de sa raison et de
son cœur. Cependant cette première
impression se contint dans de justes
bornes, et peut être même fut-elle
affaiblie par quelques défauts que je
lui découvris ; par exemple de la
hauteur et une hauteur qui va jusqu'à
l'impolitesse; un ton pas aussi bon
que je l'aurais voulu. Mais un mot
que je lui entendis dire un jour, et

qui annonçait beaucoup plus d'esprit que je ne lui en avais reconnu,
me frappa ; je le regardai avec surprise, avec intérêt, je sentis que
ses défauts s'évanouissaient à mes
yeux ; et soit que devenue plus in-
dulgente je lui montrai moins de
cette sécheresse que son impolitesse
m'avait donnée pour lui, soit effet
ordinaire d'une connaissance plus
intime, nous fûmes plus à l'aise ensemble, nous nous parlâmes davantage ; je n'eus plus à me plaindre
de son manque d'égards, et je découvris que je l'aimais. Le baiser
qu'il me prit un jour chez sa mère,
acheva ma défaite. La première fois
que nous nous revîmes après cette

Tome I.   6

étourderie , nous fûmes saisis d'un embarras égal. Je n'osais le regarder, je baissais les yeux et lui les détournait. Sa voix, en me parlant, avait quelque chose de plus doux, de plus moëleux qu'à l'ordinaire ; et comme j'étais descendue avec les enfans chez leur mère qui s'absentait pour quelques jours, il me dit, en entrant avec son frère : « Flaminie , je viens de m'écrire « chez vous ». Ce mot aimable qui tombait d'aplomb sur ce qui s'était passé, me jetta dans l'ivresse, et mille autres qu'il y joignit depuis ne firent qu'entretenir mon illusion ; car il semblait ne vouloir laisser échapper aucune occasion

de m'adresser de ces choses qui
portent coup. Se trouvait-il en face
de moi au dîner : « Flaminie, je
rends grâces au sort qui me place
si bien » ; dans ces conversations
légères où l'on s'entretient de tout ;
parlait-on de voyages : « Flaminie,
« je voudrais voyager avec vous
« dans l'Italie » ; et se penchant vers
sa cousine , j'entendais qu'il lui
disait : « nous réaliserions Corine » ;
une invitation de devoir l'obligeait-
elle à s'absenter les jours que nous
dinions chez sa mère , il s'habillait
à la hâte , et souvent mettait la
dernière main à sa toilette en entrant au salon. « Vous partez ,
« Charles» ? disait Madame de Sur-

ville. « Oui , ma mère , je ne viens
« que pour présenter mes homma-
« ges à Flaminie ». M. de Surville
avait la manie d'arriver toujours
tard au dîner de sa mère , ce qui
me mettait au désespoir. S'il n'y
dîne pas, me disais-je , il sera sûrement sorti et je ne le verrai pas;
mais il nous attendait toujours. Une
fois , comme nous montions l'escalier il descendait, et s'adressant à
Madame de Surville : « Vous venez
« à six heures sonnées ! — Mais non,
« Charles. — Voyez ». Et tirant
brusquement sa montre qu'il lui
présenta , il descendit comme un
foudre : sa voiture était hors de la
cour que nous n'étions pas au salon.

J'étais à la fois désespérée et trans-
portée d'aise, Cécile. En entrant,
je m'assis près de sa cousine, qui
me dit : « Vous avez rencontré
Charles ? Qu'il était maussade au-
« jourd'hui ! Quelle humeur ! Per-
« sonne ne pouvait lui parler.
« Si vous aviez vu comme il a
« traité ce pauvre M. de Blinville,
« qui lui faisait compliment sur son
« habit ». Tu sens que je pris sa
défense, et que je ne manquai pas
de raisons pour l'excuser. C'est
ainsi, qu'en différens temps, quelque circonstance nouvelle venait ac-
croître mon amour, en affermis-
sant mon espoir. Par exemple, un
jour il fit lever une de ses nièces,

qui était venue s'asseoir auprès de
moi pour l'empêcher de s'y mettre;
car j'avais remarqué une ligue générale contre nos entrentiens, et il
n'y avait pas, jusqu'aux enfans
qui, lorsqu'elles le voyaient s'ap-
procher du siége vide placé près
de moi, bien vîte s'en emparaient
et le regardaient d'un air conqué-
rant. Souvent il s'éloignait en jet-
tant de mon côté un regard furtif;
mais quelquefois aussi, emporté
par la vivacité, je ne dirai pas de
ses sentimens, mais du mouvement qui l'entrainait vers moi; il
usait d'autorité et déplaçait l'indiscrète qni l'avait osé défier. Alors je
voyais sur tous les visages l'inqnié-

tude , l'humeur , la curiosité ; on
cherchait à deviner ce qu'il me
disait , à pénétrer ce que j'éprouvais. Ce jour donc il me dit :
« Flaminie , croyez-vous qu'il faille
« être amoureux une fois dans la
« vie ? — On le dit , répondis-je. —
« Je ne l'ai jamais été. — Tant
« mieux ; cela vous laisse un ave-
nir. — Ah ! j'ai peur de faire des
« folies ». Et il me regardait d'une
manière si aimable ! Je pensai lui ré-
« pondre:Attachez-vous à une femme
« délicate qui vous aimera pour vous,
« et elle ne vous en fera pas faire » ;
mais je me retins. « Ce n'est pas ,
« reprit-il, ce n'est pas d'aimer qui
« m'embarrasse ; mais c'est d'être

« sûr de l'être ». Je gardai le silence. Que pouvais-je répondre à
des choses si extraordinaires ? Mais
ces choses-là fesaient leur effet sur
un cœur déjà subjugué ; et malgré
les avertissemens de la raison , mon
imagination les savourait avec dé-
lice. Une autre fois j'étais seule avec
les enfans dans le cabinet de sa mère,
où je rêvais à lui , (mais où n'y re-
vais-je pas ?) Il entre , et d'un air
de joie : « Ah , ah ! on ne m'avait
« pas dit que vous étiez ici » ; puis
venant s'asseoir à mes côtés :
« Flaminie, c'est un parti pris , je
« veux me marier. Je veux épouser
« une femme aimable, avoir deux
« enfans, un garçon et une fille , et

« je serai heureux ; oh comme je se-
« rai heureux ! n'est-ce pas, ma pe-
« tite Flaminie ? Et il me jeta ses
« bras autour du cou, en ajoutant :
« Embrassez-moi donc ; comme
« vous êtes froide ! » En effet, je ne
l'étais jamais plus que lorsqu'il me
tenait de ces discours ; parce que la
surprise, l'incertitude du motif qui
les lui inspirait, la crainte de m'a-
buser me comprimaient tout entière, et ce n'était que lorsque je
me trouvais seule, que je me livrais
aux transports dont l'amour et l'espoir enivraient mon cœur. Puis je
le voyais partager ou adopter mes
goûts et mes idées avec cette facilité
qui vient du cœur. Nous paraissions

n'avoir qu'une même manière de penser et de sentir. Enonçait - il une opinion, c'était précisément la mienne ; portais-je un jugement, il l'aurait donné de même. *Elle dit vrai, il a raison*, nous échappaient à tout propos. Ses instans d'enthousiasme pour moi étaient quelquefois si frappans, que je les voyais l'objet des remarques de tout ce qui nous entourait. Oh comment ne l'aurais-je pas aimé ! comment ne le lui aurais - je pas laissé voir, lorsqu'à tous les agrémens qu'il possède, se joignait pour moi l'attrait si puissant de l'intéresser ! Que n'aurais-je pas fait, que n'aurais-je pas tenté pour m'assurer ce bonheur ! Je n'aurais pas cru le payer trop cher en l'achetant de mes jours. Non, il ne fut, il ne sera jamais aimé comme il l'était de moi, comme il l'est encore, hélas ! cette flamme funeste, identifiée avec mon sang circule avec lui dans tout mon être ; et ce ne sera qu'en perdant les sources de la vie, que je perdrai les tourmens de l'amour. Cécile, tu le vois, mes maux ne font que s'aigrir. Qu'il me tarde d'être loin d'ici !

LETTRE XI.

AUJOURD'HUI , à l'heure où j'ai coutume de descendre avant le dîner , une voiture est entrée dans la cour. Je ne sais pourquoi , je devine que c'est celui de ses frères qui ne m'a donné aucun sujet de plainte. Je sens un mouvement de joie , en me disant : « J'entendrai peut- « être parler de lui ». Puis je me figure que si je parais, on ne s'arrêtera pas à penser que c'était mon heure de descendre ; mais qu'on pourra supposer que j'en hâte le moment. Cette idée me bouleverse

tellement, que je m'arrête une de-
mi-heure dans la plus cruelle agitation. N'y pouvant plus tenir, et
honteuse de ma faiblesse, je des-
cends enfin. Madame de Surville
n'était pas dans sa chambre. Je me
disposais à la joindre au jardin, où
j'entendais sa voix, lorsqu'à travers
une persienne, je distingue un habit, un ruban, semblables à ceux de
Surville ; et quoiqu'assurée que ce
n'était pas lui, parce que je voyais
aussi une partie du visage, il me
prend un étouffement qui m'ôte la
respiration. A cela, se joint une terreur, une honte de paraître devant
ce frère, qui sûrement, me disais-
je, connait mes folies. Néanmoins,

le desir d'entendre parler de lui me
conduit trois fois vers la porte , et
trois fois cette terreur m'en éloigne.
Je reviens au boudoir attendre qu'il
soit parti. En l'entendant faire des
adieux , je me suis livrée au déses=
poir. Il s'en va, me disais-je , il s'en
va , et je n'ai pu rien savoir , et je
n'ai pu même entendre prononcer
son nom. Le dîner m'a sortie de
ma retraite ; et , comme je n'ai
pu manger , Madame de Surville ,
en sortant de table , m'a demandé
ce que j'avais. Je lui en ai avoué
une partie. « Jugez, ai-je continué,
« si je pourrais soutenir sa vue ,
« quand celle de son frère me fait
« une si terrible impression. N'ai-je

« pas raison de le fuir ? Oh ! m'a-
« t-elle répondu ? A présent qu'il
« est décidé que vous nous quittez,
« je ne vous conseille plus d'aller
« chez sa mère. C'eût été différent
« si vous étiez restée. Il eût bien
« fallu en prendre votre parti. Dans
« mille occasions vous auriez été
« obligée d'accompagner mes en-
« fans. —— Et voilà précisément
« ce que je redoutais. — Avec de
« la fermeté et quelques réflexions,
« vous eussiez surmonté cela, vous
« vous seriez guérie ». Ah, Cécile,
elle en parlait à son aise ! Nous se-
rions bien heureux si quelques réflexions suffisaient pour nous rame-

ner à la raison (1). Mais quels pitoya-
bles sentimens seraient ceux qu'on
déracinerait avec cette facilité ! Oh

---

(1) La raison nous suffit dans le cours
ordinaire de la vie et nous sert dans bien
des cas ; mais elle ne peut rien contre
les passions. Semblable au pilote habile
qui conduit heureusement son vaisseau
à travers les écueils, s'il est secondé par
une mer tranquille ; mais si un orage
survient et soulève ses flots irrités, si
une tempête furieuse enfle et déchire
les voiles du vaisseau , alors le pilote
ne peut plus rien ; toute son habileté
lui devient inutile ; et désespéré ou ré-

j'aime mieux souffrir que de m'esti-
mer assez peu pour m'en croire
capable. Adieu. Le tems s'approche
enfin où je serai chez moi, où je

---

signé, il attend la mort ou le retour du
calme qui lui permettra de faire encore
usage de son expérience. Je ne connais qu'un mobile qu'on puisse opposer
avec succès aux passions : c'est l'honneur ; parce qu'il est une passion lui-
même. C'est une sorte de fanatisme qui
nous électrise et nous élève au-dessus de
nous-mêmes. Mais la raison, froide et
calme de son essence, la raison, qui ne
peut inspirer d'enthousiasme, échouera
toujours contre les passions ; du moins

n'aurai plus de ces souvenirs for-
cés que tout me donne ici. Que je
serai heureuse !

---

chez le gens à complexion vive ; et
ceux - là seuls sont susceptibles d'en
éprouver.

(*Note de l'Editeur*).

LETTRE XII.

Je ne t'écris que pour t'entretenir de mes chagrins, pour te rendre compte de ce que j'éprouve et de ce qui m'arrive ; il ne faut donc pas t'étonner que je t'en parle toujours.

L'autre jour je me promenais à pied avec Madame de Surville. Nous rencontrâmes ce frère auquel j'en veux pour la ridicule scène qu'il m'a faite. En l'appercevant le rouge me monta au visage ; je sentis ma colère se rallumer. J'affectai de ne le pas regarder ; et durant une de-

mi-heure à-peu-près que nous che-
minâmes ensemble , je-ne desserai
pas les dents. Je vis qu'il éprouvait
quelqu'embarras , et qu'il cherchait
à le cacher en ne laissant point tarir
la conversation avec Madame de
Surville. Enfin il nous quitta, et alla
sûrement dire qu'il m'avait vue ;
car à présent je fais évènement.
On s'informe si je suis encore ici ,
quand je partirai , ce que je de-
viendrai. Tous ces commèrages me
reviennent par les enfans , ou par
les bonnes qu'assûrément je n'inter-
roge pas ; mais qui, lorsqu'elles me
trouvent seule , ne demandent pas
mieux que de jaser.

Madame de Surville s'est enfin

arrêtée à une personne pour me remplacer. Elle eut l'amabilité de m'en
demander mon sentiment, que je lui
dis avec ma sincérité ordinaire, ajoutant, ce que je pense en effet, qu'elle
vaudroit mieux que moi pour des
enfans. Comme elle parlait chez sa
belle-mère de ce nouveau choix, et
qu'elle avait la bonté de s'appuyer
de mon jugement, celle - ci dit :
« Elles se sont donc vues ? Voilà
« qui est désagréable ». Cette réflexion était mortifiante, Cécile.
C'était nous ranger dans une classe
dont assûrément je n'ai jamais compté faire partie , et aussi faire in-
jure à mes sentimens. Madame de
Surville, qui le sentit, répondit que

j'étais incapable d'une bassesse , et
que j'avais été de la plus aimable
politesse pour cette dame qui , de
son côté , avait répondu avec grace
à mes prévenances. L'aimable frère
de Surville qui , lorsqu'il s'agit de
moi , montre toujours de la modé-
ration et des égards , quand sa mère
s'échappa à dire qu'il était fâcheux
que nous nous fussions vues , reprit
vivement, *pourquoi cela ?* Tu sens
que j'ai apprécié la noble délica-
tesse de ce mot. Surville ne prit aucune part à la conversation , et ne
dit jamais rien lorsqu'on parle de
moi. Ce silence me plait , Cécile.
Il ne peut venir d'indifférence ; j'en
juge par le mien. Avant que mes

sentimens eussent éclaté (et même encore depuis) je ne parlais jamais de lui. Je ne pouvais me décider à le nommer; il me semblait que l'inflexion de ma voix, en prononçant ce nom chéri, aurait tout découvert. Puis je n'étais pas contente de la manière dont il m'en eut fallu parler. Le *monsieur* blessait mon cœur; j'aurais voulu dire *Charles*, comme sa famille, comme les indifférens, si je l'avais été, j'aurais pu le dire aussi; mais alors je n'y aurais attaché aucun prix. D'où vient donc cette distinction si grande que nous mettons à une même chose dans des cas différens? D'où vient que cette chose nous paraît si impo-

sante, si terrible dans l'un ; si simple
et si naturelle dans l'autré ? hélas !
d'une mauvaise conscience , et
c'est toujours nous – mêmes qui
donnons aux autres le thermomètre
par lequel ils peuvent nous juger.
Je me rappelle que cet hiver je fis
une chose qui , à l'appui de beaucoup d'autres, a pu jeter une grande
lumière sur mes sentimens secrets.

J'allais un jour avec les enfans
voir leur ayeule. On nous dit qu'elle
était au premier. Je compris que
c'était chez sa belle-fille , et je re-
descendis pour l'y chercher. Arri-
vées à l'antichambre , je vois que
le domestique, au lieu d'ouvrir la
porte de l'appartement que je con-

naissais, tourne d'un autre côté,
appelle le domestique de Surville,
auquel il dit de nous annoncer.
« Comment, repris-je ? Est-ce que
« Madame de Surville n'est pas chez
« Madame Amélie ? Non, Mademoi-
« selle, elle est chez M. Charles »,
répondit son domestique, qui sou-
riait et se disposait à nous ouvrir
la porte. Cécile, je ne puis te
dire ce qui me prit ; mais je devins
pourpre, et ne sachant ce que je fesais, je reviens sur mes pas et des-
cends comme une égarée. Les enfans couraient après moi en criant :
« Madame, Madame où allez-vous ?
« Venez donc voir ma bonne ma-
« man ; elle est ici ; elle est chez

« mon oncle ». J'étais au vestibule
avant qu'elles pussent m'atteindre.
« Mon dieu , comme vous êtes
« rouge ! Qu'avez – vous donc ?
« Pourquoi n'avez-vous pas voulu
« entrer » ? Sentant qu'il fallait leur
répondre quelque chose , je dis
qu'elles connaissaient ma timidité ;
que j'avais craint de trouver des
étrangers chez leur oncle. « Et
« quand il y en aurait eu , ne
« pouvons-nous pas l'aller voir ?
« Surtout quand ma bonne maman
« y est ; assûrément il n'y a pas le
« moindre mal à cela ». Elles me
querellèrent tout le long du chemin ;
et j'étais tellement hors de moi, que
tout-à-coup je me sentis heurter et

arrêter sans savoir comment ; lorsqu'une voix me dit : « Qu'avez-vous
« donc pour être si ensevelie dans
« vos réflexions, que vous ne voyez
« ni n'entendez rien ? Je levai la tête ;
et, au bout de quelques instans, je
reconnus son frère, le mari de la
dame chez laquelle j'avais compté
aller. Tu sens bien que je ne lui dis
pas la cause de mon trouble. A
quelques jours de-là , nous dînions
chez la mère de Surville. Dans la
soirée on voulut faire de la musique ;
le frère dont je viens de parler, dit
qu'il avait plusieurs duos, mais que
cela serait long à débrouiller ; et
que ne voulant pas en apporter qui
ne conviendraient point, il n'irait pas

les prendre, à moins que je ne con-
sentisse à les aller chercher avec lui.
« Très-volontiers », répondis-je ;
et je le suivis dans son cabinet, où
nous restâmes assez long-tems. Je
revins avec la même sécurité que
j'étais partie ; n'ayant rien à me re-
procher, je n'imaginais pas même
que l'idée pût en venir aux autres.

Tu trouveras peut-être extraordinaire que je revienne sur les choses
passées ; mais c'est l'histoire de mon
cœur que je veux te faire ; et pour
cela rien n'est à négliger. Puis je
n'ai de bonheur qu'à parler de lui
et de tout ce qui peut s'y rappor-
ter. Ne t'étonne donc pas que je
t'entretienne de mes souvenirs. C'est

tout ce qui me reste , hélas ! Ne le voyant pas, je ne puis te rien apprendre de nouveau. Mais j'ai dans l'âme une source intarrissable ; et j'ose croire que la simple expression de mes sentimens pourra t'intéresser encore.

LETTRE XIII.

CE matin j'étais sortie, et j'ai fait une rencontre qui m'a troublée. Tu crois peut-être que c'est lui, non ; mais quelqu'un qui m'a rappelé une circonstance qui me l'eût rendu plus cher , s'il avait été possible que je l'aimasse davantage : c'est l'ancien maître d'hôtel de sa mère. Elle le renvoya il y a quelques mois pour un tort très-grave , et qui , peut-être sans moi , eût entraîné une punition plus sévère. La vue de cet homme qui , sans le savoir, me doit sa tranquillité , m'a

fait une sorte de bien ; mais les
souvenirs qu'elle a réveillé, et la part
que Surville a pris à cette affaire
m'ont douloureusement affectée. Tu
ne comprends rien à ce préambule.
Voici le fait.

Un jour que les enfans avaient
dîné sans moi chez leur ayeule,
avec M. et Madame de Surville,
elles me dirent en rentrant : « Oh !
« Madame, que vous êtes heureuse
« de n'être pas venue aujourd'hui
« chez ma bonne maman ! (heu-
« reuse , disais - je intérieurement,
« heureuse d'avoir manqué une oc-
« casion de le voir !) Quelle scène
« affreuse ! Nous n'en sommes pas
« encore remises. A l'instant où ma

« bonne maman a demandé le dîner

« et où nous nous attendions qu'on

« l'annoncerait , nous avons en-

« tendu des cris , des cris ! Mes

« oncles , mon père , ont couru

« dans la salle à manger d'où ils

« partaient , et ils ont vu la Fleur

» (domestique de M. de Surville)

« baigné dans son sang, et Picard (ce

« maître d'hôtel) comme un forcené

« que les autres domestiques tenaient

« pour l'empêcher de se jeter de

« nouveau sur le pauvre la Fleur.

« Les gens ont dit qu'ils s'étaient pris

« de querelle pour le service ; que

« la Fleur avait été fort modéré ;

« mais que M. Picard, qui veut tou-

« jours faire son maître , l'avait

« frappé ; et , non content de cela ,
« lui avait jeté la soupière à la
« tête. Le couvert était à moitié ren-
« versé ; la Fleur avait une blessure
« à y passer la main , et son sang
« coulait à flots. Quand mon père a
« vu cela, il est devenu furieux; lui et
« mon oncle Gustave voulaient bat-
« tre Picard; mais mon oncle Charles,
« oh ! Madame ,comme il a de la
« tête, mon oncle Charles! quel sang
« froid » ! (Je le crois bien , leur
dis – je , je réponds de sa tête dans
toutes les occasions où il en faut
montrer). « Mon oncle Charles les
« en a empêchés , et a dit qu'il fal-
« lait envoyer chercher le commis-
« saire. Picard a voulu raisonner ,

« alors mon oncle Charles l'a pris
« et l'a jeté dans l'antichambre
« comme une pelote, Madame. Ah
« mon dieu qu'il est fort, mon oncle
« Charles ! Cela est cause que nous
« avons bien mal dîné ; car toute la
« soupe était par terre ; il a fallu en
« faire d'autre, et les gens étaient
« si troublés qu'ils ne savaient ce
« qu'ils fesaient ; et ma bonne ma-
« man, ma mère, ma tante Amélie
« et nous qui tremblions comme la
« feuille. Ah ! mon dieu, quelle
« soirée ! Picard s'est sauvé ; on ne
« sait pas ce qu'il est devenu ».
Quelques jours après je rencontrai
dans l'escalier la bonne des enfans
avec une femme qui pleurait et

paraissait au désespoir. J'entrai dans
ma chambre. La bonne m'y suivit
et sans autre introduction : « Ah !
« mon dieu, cela fait pitié ; pauvre
« Picard ! — Il a bien mal agi, ré-
« pondis-je. ═ Oh ! sûrement. Mais
« aussi il en est puni : il est fort mal ;
« sa femme vient de me le dire. —
« C'est donc elle que j'ai vue tout
« à l'heure ? — Oui. Elle dit qu'il
« a une fièvre affreuse , et que
« dans son délire il croit toujours
« qu'on vient l'arrêter. — Cela
« ne sera pas, puisque la Fleur est
« bien portant. — Mais quand on
« ne l'arrêterait pas , il n'osera tou-
« jours pas se montrer tant qu'il
« n'aura point obtenu sa grace. Si

« Mademoiselle voulait la deman-
« der à M. Charles. — Moi! re-
« pondis-je, dissimulant ma joie de
« l'empire qu'on me supposait sur
« lui; moi! que puis-je à cela? —
« Oh! pardonnez-moi; on sait bien
« que si vous vouliez lui parler...
« Ce serait une bonne action, Ma-
« demoiselle: — Je ne demande pas
« mieux, si j'en trouve l'occasion ».
Le lendemain nous dînions chez Madame de Surville, et me trouvant
placée près de son intendant, je lui
dis: « Vous devriez bien tâcher d'ar-
« ranger l'affaire de ce pauvre Pi-
« card. — Je n'y peux rien, mais
« vous pouvez beaucoup, vous ».
(Autre mouvement de joie dont

palpita le cœur de ton amie, Cécile.)

« Comment ? répondis-je avec une
« feinte surprise. — Dites un mot à
« Charles ; il ne résistera pas à votre
» prière ; sa mère se rendra à la
« sienne , et tout s'arrangera. —
« Vous croyez ? — J'en suis cer-
« tain. — Eh bien ! j'essaierai ». Au
sortir de table je dis à Surville :
« Je voudrais vous parler ». Il
s'assit près de moi. J'étais si émue
que je ne pouvais remuer les lèvres.
« Eh bien ! (après avoir attendu
« quelques instans) eh bien, qu'a-
« vez-vous donc à me dire ?—Etes-
« vous accessible à la clémence et à
« la pitié ? lui dis-je en tremblant.
« — Quelquefois. Mais voilà un dé-

« but bien grave ! A quoi tend-il?

« — A vous demander la grace de

« ce malheureux Picard. J'ai vu sa

« femme hier dans un désespoir qui

« m'a touchée. — Cela ne dépend

« pas de moi. C'est ma mère que cette

« affaire regarde. — Mais si vous

« vouliez prier votre mère de lui par-

« donner. — Vous me croyez donc

« bien de l'empire sur elle ? — Oui,

« je sais que vous en avez beaucoup.

« Vous intercéderez pour lui, n'est-

« ce pas? — Je vous le promets; et

« il ne tiendra pas à moi que vous

« ne soyez satisfaite ». Peu de jours

après , les enfans qui avaient encore

dîné chez Madame de Surville , me

dirent : « Madame, l'affaire de Picard

« est arrangée. Bonne maman a dit
« à mon père que son domestique
« n'étant pas aussi grièvement bles-
« sé qu'on l'avait cru d'abord, il
« fallait cesser les poursuites ; qu'elle
« s'était fait justice, puisqu'elle
« avait interdit sa maison au maître
« d'hôtel, et qu'elle desirait qu'on
« le laissât tranquille ». Tu comprends le plaisir que me fit cette
nouvelle ; et combien je sus gré à
Surville de m'avoir si bien tenu
parole. J'aurais voulu l'en remer-
cier, mais je fus quelque tems sans
le revoir ; et l'espèce de terreur que
me causait sa présence, jointe à
l'impossibilité de nons parler, m'em-
pêchèrent de lui témoigner ma re-

connaissance. Il fallait un motif aussi puissant que celui de servir ce malheureux pour me faire passer sur tout cela.

Le jour où j'osai demander cette grâce fut à la fois un de mes plus affreux et de mes plus beaux jours, Cécile. De ce sujet nous passâmes à d'autres, avec ce charme que Surville sait répandre sur tout. Il me parla du desir qu'il avait de se marier, et des qualités qu'il exigerait dans sa femme. « Je veux, dit-il , qu'elle « me ressemble, qu'elle ne soit ni « meilleure ni plus mauvaise que « moi; qu'elle ait de l'esprit, car je « hais les bêtes; qu'elle sache bien « faire les honneurs de ma maison,

« parce que j'en veux avoir une
« agréable ». Jusqu'ici je ne m'effrayai pas. Mais il poussa ce parallèle
jusqu'à exiger une égalité de fortune et de rang, qui n'étaient pas
les miens ; et il appuya ceci de raisonnemens qu'à sa place j'aurais
peut-être fait , mais qu'à la mienne
il eut trouvé désespérans. Je restai
comme frappée de la foudre, et ma
langue glacée ne put proférer un
mot. Que prétend-il faire entendre
par-là ? pensais-je. Est-ce un avis
qu'il veut me donner ? Est-ce une
manière indirecte de détruire l'espoir qu'il me suppose ? Homme
cruel ! Je n'avais pas besoin de cet
avertissement ; ma raison te sert

mieux encore que la tienne ; t'aimer
était mon unique but ; mais puisque
tu as cru devoir me donner cette
leçon, j'en ferai mon profit, et ce
sera du moins la seule que je rece-
vrai de toi. Oui ! d'aujourd'hui je
cesse de te voir. —« Vous n'êtes pas
« de mon avis, Flaminie ? reprit-il,
« en me regardant fixement ; vous
« gardez un silence désapprobateur.
« — Non, répondis-je froidement ;
« je trouve que vous avez raison ».
Il se leva et s'approcha du feu.
Quoique je ne voulusse pas avoir
l'air de prendre garde à lui, je vis
qu'il se retournait souvent et m'ob-
servait avec attention. Au bout de
quelques instans, il vint se mettre

derrière une de ses sœurs , assise près de moi. « Qu'avez-vous donc « dit à Flaminie pour la rendre si « triste ? demanda-t-il. — Rien as- « sûrément qui puisse la chagriner. « N'est-ce pas , Mademoiselle » ? Il s'avança jusqu'à moi, et me pressant le bras : « Flaminie, on dit que vous « aimez Gustave ». Je ne répondis rien ; mais je souris de cette ma- nière ingénieuse de me dire , *Fla- minie , je crois que vous m'aimez.* Quelques jeunes personnes s'étaient réunies aux enfans pour jouer des jeux au fond du salon. Une mère avait suivi sa fille : j'allai me placer près d'elle , pour échapper à l'en- nui du cercle et pour cacher ma

tristesse. Surville allait , venait ,
tournait autour de nous et m'adressait toujours quelque chose d'aimable. Enfin, voyant un fauteuil vide ,
il s'assit et causa avec cette dame
d'un combat qui avait eu lieu dans
l'Inde entre des galères turques et
quelques frégates anglaises. Tout-à-
coup me prenant la main : « Fla-
« minie , que faut-il que je fasse
« pour être aimé de vous ? Faut-il
« que je combatte les Turcs ? que
« je traverse le Rhin ? que j'aille me
« baigner dans le Gange ? Parlez ;
« pour vous plaire, il n'est rien que
« je n'entreprenne. Connaissez-vous
« quelqu'un qui dise plus de folies ?
« demandai-je à la dame qui causait

«avec nous. En effet, il dit souvent des
« choses extraordinaires ». Et elle regardait ma main toujours placée dans
celle de Surville et que je n'avais
pas là force de lui ôter. Toute la
soirée il fut sur ce ton avec moi. Ma
colère se dissipa ; mais il me resta
une inquiétude insurmontable de
cette fluctuation de sentimens et
d'idées.

Il faut que je t'avoue un acte de
faiblesse, entre mille autres, que je
fis ce jour-là. Dans la soirée, je vis
une nièce de Surville jouer avec un
ruban qu'il venait de faire ôter de
son habit pour en changer. Je fus
au désespoir de l'appercevoir entre
les mains de la jeune personne ; mais

elle qui, heureusement, n'y atta-
chait pas le même prix que moi,
après s'en être amusée un moment,
le jeta, et il vint tomber à mes pieds.
Je rendis grace au sort ; et craignant qu'on ne le relevât, ou qu'en
marchant on ne l'entrainât, je mis
le pied dessus, (demandant intérieurement pardon de cet outrage)
et l'y tins assez long-tems, le glis-
sant toujours jusqu'à ce quil fût sous
mon fauteuil. Alors je me baissai ; et,
feignant de relever mon mouchoir,
je m'emparai de ce trésor que je ca-
chai dans les coulisses de ma robe.
Depuis je le porte dans nn médaillon que la mère de Surville me donna pour étrenne, avec des cheveux

des enfans. Ce n'était pas ces che-
veux-là que j'aurais voulu, Cécile. Ce
médaillon est une attention de Surville, et elle té prouvera combien
il est susceptible d'en avoir de dé-
licates et d'aimables. Un jour que
nous étions chez sa mère, il ap-
porta plusieurs médaillons et pria
ces dames de lui indiquer ce qu'elles
trouveraient de mieux, pour en faire
hommage à quelque belle sans doute!
N'eut-il pas la monstruosité de me
demander mon goût? J'étais si furieuse, que je ne voulus pas les regarder. Mais à la fin du soir, m'approchant de la cheminée sur laquelle
ils étaient encore, je les considérai
un instant. Un seul fixa mon atten-

tion ; le plus simple de tous : tu reconnaîtras mon goût. Il était fort petit , mais si joli ! Une pensée en regard , et sur le revers une rose. Je me récriai sur sa gentillesse; on en convint ; mais on le trouvait trop simple. A l'époque du nouvel an , parlant des cadeaux d'étrennes qu'elle voulait faire , Madame de Surville la mère eut la bonté de me nommer , exprimant son embarras de ce qu'elle pourrait m'offrir. « Un « médaillon avec des cheveux des « enfans » , dit Surville. Et se rappelant la préférence que j'avais donnée à celui – là , il lui conseilla de le prendre. Un mot échappé à Madame de Surville me découvrit cette circonstance, et comme elle lut sans doute sur mon visage le plaisir qué j'en éprouvais, elle se hâta de se reprendre et de donner un autre sens à sa phrase; mais j'avais saisi le véritable, et je souris du tourment qu'elle se donnait pour réparer cette naïveté.

Mais où me suis-je laissée entraîner! Quel volume que cette lettre! Auras-tu la patience de la lire?

LETTRE XV.

J'AI tort, dis-tu, de revenir sur le passé, de me nourrir de souvenirs qu'au contraire je devrais repousser. Repousser, Cécile! oh! sûrement tu ne le crois pas. Mais puisque ce passé te déplait, je vais te parler du présent.

Tout-à-l'heure, une des petites est entrée dans ma chambre avec un beau bouquet. « Tenez, Madame, je l'ai pris pour vous. — Je vous remercie, ma bonne, je n'en veux pas. — Oh pour cela si vous le prendrez. — Eh non ». Malgré mes refus elle s'obs-

tine et l'entre à moitié dans ma
ceinture. Des fleurs à moi ! des
fleurs sur ce cœur flétri et déchiré !
J'arrache le bouquet et le jette à
l'autre bout de la chambre. La
pauvre enfant resta tout interdite;
ses petits yeux se remplirent de
larmes. « Est-ce que vous êtes fâ-
« chée avec moi, Madame ? — Non,
« ma chère amie; à quel propos
« serais - je fâchée ? vous n'avez
« pas été méchante. —— Pour-
« quoi ne voulez-vous donc pas
« de mon bouquet ? — Parce que
« j'ai du chagrin, Malvina, et que
« quand je suis triste je ne puis pas
« supporter les fleurs. ═ Eh bien
« je vais les mettre dans l'eau, et

« demain que vous n'aurez plus
« de chagrin, vous les porterez ».
Heureux âge! où la douleur est sans
durée, où l'on ne soupçonne pas
que l'impression du jour puisse être
celle du lendemain.

J'ai par fois à batailler avec les enfans pour aller chez leur grand mère.
Heureusement quelques comméra-
ges qu'elles m'ont racontés m'ont
fourni un texte pour leur assurer
que je n'y remettrais jamais les piés.
Tu les blâmeras peut-être de m'a-
voir fait ces rapports; mais des
enfans ne sentent pas la conséquence
de cela, et d'ailleurs il est naturel
qu'étant toujours avec moi elles me
disent tout ce qu'elles savent, tout

ce qui leur passe par la tête. Voilà
un des inconvéniens de se faire remplacer auprès de ses enfans; une
mère ne sent pas tout ce qu'elle
perd à cela. Ils prennent pour une
autre des sentimens qu'ils ne devraient avoir que pour elle; confiance, abandon, tout est pour la
personne qu'ils voient habituelle-
ment, et l'on ne peut leur en faire
de reproche, parce que cela est
dans la nature.

J'ai plusieurs fois été voir M. et
Madame Derval à leur campagne.
Ils m'ont dit fort obligeamment que
je pourrais m'y établir dès que je
serais libre, et je compte faire usage
de leur bonne volonté. Tu sais avec

quelle passion j'aime la campagne
et la solitude. J'en jouirai d'autant
mieux que j'aurai la plus grande
liberté. M. Derval est froid, mais
bon, doux, facile à vivre, et je
vois que je m'arrangerai fort bien
avec lui. Madame Derval a pour
moi les égards qu'elle croit devoir
à la nièce de son mari; de mon
côté je tâche qu'elle n'ait pas à
se plaindre de mes procédés, et en
somme tout va bien.

Dans quatre jours je serai chez
moi, Cécile. Ainsi, ma première
lettre t'apprendra que je suis libre
et peut-être plus tranquille.

Non, je n'ai point revu Surville.
Depuis ma lettre il n'est pas venu

ici, pas même pour faire des adieux à son frère qui est parti. Je lui sais gré de cette conduite ; elle prouve qu'il a senti ses torts avec moi, et le soin avec lequel il m'évite ajoute à la bonne opinion que j'avais de lui, parce qu'il ne peut venir que d'un sentiment honnête. Je te le repète, il y a d'excellentes choses dans ce cœur là ; et si la mauvaise compagnie ne l'avait pas gâté, Surville serait un des hommes les plus remarquables que j'aurais connu. Susceptible des actions les plus nobles, des sentimens les plus délicats ; doué d'une raison supérieure et d'un caractère énergique, il n'a besoin que de l'occa-

sion pour se montrer digne de tout.
Personne n'a plus d'esprit, et de
cet esprit d'à-propos qui fait dire
des mots heureux ou charmans. Combien de fois, en le voyant se livrer
à cette brillante gaîté qui l'anime
souvent et dont quelquefois il fe-
sait l'interprête du sentiment, je
me suis écriée : « Aimable fou !
« quelle femme au monde pourra
« ne pas t'aimer lorsqu'elle sera en
« état d'apprécier tout ce qu'il y
« a en toi de piquant et d'enchan-
« teur ». Combien de fois ce qui
ne paraissait à d'autres qu'un trait
de folie ou une espieglerie d'éco-
lier, me découvrait la sensibilité
de son ame et la grace de son esprit!

en d'autres tems, sa gaîté dispa-
raissait entièrement. Une touchante
mélancolie se peignait sur ce beau
visage qu'elle embellissait encore.
Une galanterie noble se manifes-
tait par des attentions silencieuses,
par des politesses qui, adressées
à d'autres, se dirigeaient vers moi.
Mais ces impressions étaient fugiti-
ves, et quelquefois j'étais si frappée
du changement extraordinaire que je
remarquais en lui, que je me deman-
dais avec surprise si c'était le même
homme qui, peu de jours avant,
m'avait rendue si heureuse.

Il feignait, me diras-tu. Non,
il ne feignait pas; je suis certaine
qu'il éprouvait ce qu'il me laissait

voir ; mais il est léger , il est à
la mode , et de nouveaux sentimens détruisaient ceux que , par
fois , je fesais naître dans son âme.
Ensuite il me disait qu'il ne se
nourrissait pas d'illusions , qu'il ne
donnait pas dans les chimères. Hélas!
avec lui , rien , je crois , ne peut
réussir, et de quelque manière que
ce soit, je regarde comme impossible de le fixer. Cette espèce de con-
viction m'a toujours fait penser qu'il
vaudrait mieux s'en tenir à l'amitié ,
et je me serais trouvée bien heureuse si j'avais pu m'y livrer. Mais
ce sentiment aurait encore excité
la censure ; car il était décidé qu'aucune espèce d'affection ne devait

nous unir. Plaisante décision ! que
le plaisir de me venger m'a quelquefois donné le désir de braver.

Voici une lettre dont tu ne seras
pas contente, mais tu me la par-
donneras, parce que tu me par-
donnes tout. Il n'en sera pas ainsi,
je gage, de Madame de Rochebonne à qui, l'autre jour, j'en écrivis à peu près autant. Elle me
gronde toujours, et je m'attends à
une belle mercuriale la première
fois qu'elle m'écrira.

Adieu, chère amie. Je t'embrasse
tendrement pour te désarmer.